JN173933

のりまきな日々

二本目

60年代、
子どもたちの物語 2

斎藤秀樹

西田書店

もくじ

のりまきな日々　二本目

60年代、子どもたちの物語2

半ドン探検隊

今日は土曜日。待ちに待った半ドンだ。僕らは三日前に立てた計画を実行することにした。

「集合はペタんちの庭でいいのか?」

朝の外遊びが終わり、教室に向かって歩きながらおきよが訊いた。

校舎脇の大きなイチョウは一面黄金色。それが朝日にまぶしく輝いている。

「そうだな。駅に一番近いし」

ノンさんが答える。


計画、それは見知らぬ町の探検。それも自転車で行くのではなく、電車に乗って。言い出しっぺはペタ。たまには変わったことをしたいなという話から、片道十円の切符で行けるところまで乗ってそこで降り、その町を探検する。そして、また十円で帰ってくる。ただそれだけのこと。

でも、これはツボにはまった。だって電車に乗るというのがいいじゃないか。もうそれだけでみんな妙に浮かれてしまった。友だちと電車に乗るのは、きっとこの前の遠足以来だろう。たとえそこが自転車で行ける距離だとしても、子どもたちだけで電車に乗ることが大事なのだ。ステータスとまでは言わないけど……。

「往復二十円。それにおやつを買うだろうから、五十円ずつ持っていけばいいね」

僕が確かめると、ペタが、「だな。ま、あとは適当に」と言った。

「父ちゃんがパチンコでとってきたチョコレートを持ってくよ、のりまき」

とピカイチに言われて、思わず指で丸をつくった。

僕の名前は坂元教昭（さかもと　のりあき）。学校でも近所でも、みんな「のりまき」と呼ぶ。もうすっかり慣れてしまってはいるが、近頃では、父さんまでもが「のりまき」と呼んでかまうことがある。たとえ酔っぱらっているとはいえ、名づけ親のくせに、これはちょっとひどいと思う。

昼ご飯は母さん特製の焼きおにぎり。玄関を開けた瞬間、醤油の焦げた香ばしい匂いがした。たまらない。おなかが正直にぐうっと鳴った。

たくあんをぽりぽりいわせながら、気がつくと三つも食べていた。先に食べ始めていた弟がようやくひとつ食べ終えて、「ああっ、お兄ちゃんずるい」と文句を言った。

「まだあるだろ」

「だってもう一個しかないじゃないか」

「おまえは小さいんだからこれで十分」

「ぼくだって三個食べるんだ」

「むりむり」

笑いながらそう言うと、台所から母さんの声がした。

「食べ物でけんかなんかしないでよ。みっともない。まだあるから大丈夫」

「お兄ちゃんはのりまきなんだから、おにぎりは食べちゃいけないんだぞ」

弟がえらそうに言った。僕は無視していったん奥の部屋に行き、肩下げバッグを手にした。今日は探検。やはりそれなりに準備をしなければ。

昨日から用意しておいた物をあらためて確認し、さらに思いついた物を詰め込んだ。最後に廊下の隅に置かれた木箱からミカンをいくつか取り出して入れると、バッグがパンパンになった。それから机のひきだしを開けた。小さな缶のふたを取る。なかから五十円玉を一枚出した。これは僕の金庫。お小遣いや買い物のお駄賃が入っている。でも、このところ出費が多いので、残りはあとわずかだ。ふたをしようと思ってちょっと悩んだ。


出がけに弟の頭をはたいて、「ばーか」と母さんには聞こえない声で言った。弟がむせている間に「行ってきまあす」と玄関を飛び出すと、まもなく後ろから「お兄ちゃんがぶったあ」と大きな声が聞こえてきた。

駅に向かう。商店街はひとや車が多くて歩きにくいので、狭い路地をぬいながら、小さな角をいくつも曲がって行く。確かにこの方が近い気がする。

すると、突然目の前におきよが降ってきた。そう、まさに降ってきたのだ。

「わあっ、どっから来たんだよ？」

おきよはにっと笑いながら、「この塀を乗り越えた方が近いんだ」と、澄ました顔で答えた。

「…ええっ？　近いったって、ここひとんちだろ」

「そうだな」

「いいのかよ。怒られないか？」

「広いから大丈夫」

「……」

「井戸の脇から入って、サルスベリの木を登れば塀の上に出られる」

まるで自分の家の案内でもするように話す。もうすでに探検気分なのだろうか。でも、探検家というよりは野良猫だ。

「あれえ、なんか変だなあって思ったら、今日は半袖じゃないんだ」

おきよがいつものTシャツの上に紺色のカーディガンを着ていた。

「母ちゃんがむりやり着せたんだ」

「へええ、よく言うこと聞いたじゃない」

「五十円もらうために我慢した」

「ふうん、やっぱそういうことか」

半袖でないおきよは、やはり変だ。でも、よく見るとその訳はボタンだった。

「おい、ボタンずれてるぞ」

「おっ、ほんとだ。だからこういう服はやなんだよな」

ぶつぶつ言いながらボタンをかけなおした。でも、やっぱり似合わなかった。


「次はこっちだ」

おきよは狭く薄暗い隙間を指さした。そこは生け垣と生け垣とのほんのわずかな空間。時折ひとが通るので一応道にはなっている。でも大人だとかがまないと歩けない。だから、もっぱら子どもたちの抜け道だ。

「地雷踏むなよ」

「そうだよな。ここいっぱいあるからね」

地雷とは犬の糞。ときどき人糞もあるといううわさだ。

おきよは途中の生け垣の破れ目から、また別の家の敷地に入った。本当に猫みたいだなと思った。枯れたヤマイモの蔓がやたらからみついてきた。

「ここ、もしかして光男んちじゃない？」

僕は声をひそめた。

「そうだぜ」

「……………」

大きな庭石や石灯籠がそこらじゅうにあるので、身を隠すにはちょうどいい。広い庭の一番外側を体をかがめて進んだ。よくて忍者だが、ほとんどドロボウだ。

遠目に母屋を見つつ、離れの陰に回った時だった。

「戦いはまだ終わっちゃいないのだぞ。気を引き締めろっ！」

突然白髪のやせこけた老人が現れた。僕らは思わず叫んだ。そして、「ごめんなさい。今すぐ出ます」とあやまった。老人は濁った目でギロリとにらんだ。思い切り怒られると思った。

「気をつけろ。鬼畜米英の作戦が進んでおる。この家の床下には原子爆弾があるのだ。知っておるか？　あのピカドンがあるのだぞ」

「えっ？」

僕は思わずおきよの顔を見た。おきよは目を丸くして口をぽかんと開けていた。

「わしは帝国の臣民のために、この床下の原子爆弾を掘り出すつもりだ」

よく見ると、手には鍬を握っている。

「心せよ。命がけの仕事だ。おまえたちは早く逃げるのだ。ピカドンにやられる前にな」

僕らの方に顔を向けてはいたが、濁った目は僕らを突き抜けて、どこか遠くをにらんでいた。

あらためて怖くなった。震える足に力を入れながら、「はい。わかりました」と声に出し、おきよの袖をつかんで表側に回った。大きな門は開いていた。僕は振り返らずに外に出た。

ふたつ先の角まで走り、そこでひと息ついた。

「あれ、光男のじいさんか？」

おきよが訊いた。

「知らないよ。でも光男んちにいるんだからそうだろ？」

「どっか具合悪いんだな」

「そうかもしれない。でも、とにかくおっかなかったな」


まもなくペタの家に着いた。かつて小次郎と名づけた野良犬を飼っていた大きめの木箱は、さまざまな板材を打ちつけて、ちょっとした小屋になっていた。

「オッス」

外から声を掛けると、なかから、「チース。寒いから入れよ」と声がした。入り口は観音開きの扉。ばらしたリンゴ箱の板でつくられていた。天井部分に吊り下げられた懐中電灯のあかりしかないので、なかは薄暗い。

「へええ、すごいじゃない。いつのまに？」

「いいだろう。ここおれの隠れ家」

「いいなあ。おれもつくりたいな」

奥には机がわりの小さな木箱がある。その上に僕が貸した「少年サンデー」や「少年マガジン」が置いてあった。床には古い毛布。座布団もあるので、地面の冷たさは感じなかった。

「リンゴでも食うか？　ちょっとぼけてるけど」

「いや、いいよ。たらふく飯食ってきたから」

ペタが座る位置をずらした時、奥の壁に絵が貼ってあるのが目に入った。

「おっ、それ」

「そう小次郎。ピカイチが描いてくれたんだ」

「だよね。似てる。うまいもんだなあ」

その時、外から大きなくしゃみが聞こえた。

「ピカイチじゃねえか？」

おきよが外に顔を出した。

「ごめん、ごめん。遅くなっちゃった？」

冬の初めだというのに、額にうっすら汗を浮かべていた。

「まあ、入れよ」

おきよに言われてピカイチがなかへ。さすがに四人だときつくなった。

「あっ、おいらの絵」

「そうだよ。今ほめてたんだぜ。そしたらくしゃみが聞こえた」と、おきよ。

「よかった。風邪引いたのかと思った。うわさのくしゃみだったんだね」

「さすがは漫画家志望。小次郎、よく描けてるな」

僕がほめると、ピカイチは顔を赤くした。

「そろそろノンさんも来るだろうから、外で待つか」

ペタは懐中電灯のあかりを消し、入り口の扉を閉めると、針金でつくった鍵をかけた。

「へええ、鍵まであるんだ」

「ああ、不用心だからな」


暗いところから外に出たせいか、澄んだ青空がひときわ濃く見えた。雲がひとつもない。一枚の紙のように真っ青だった。空を見上げたついでに僕は背伸びをした。

「わりい、遅くなった」

ノンさんがやって来た。映画に出てくるリーゼントの若者が着ているようなジャンパーを身につけている。

「おっ、ノンさん、すかしてるじゃん」

ペタがめざとく見つけ、袖口を引っ張った。ノンさんはちょっと顔を赤らめ、「姉貴が買ってきたんだ」と言ったが、まんざらでもないようすだった。背の高いノンさんには似合っていた。

ひとりだけ中学生のようでもあったが、笑うとやっぱり僕らと同じだ。

「そういえば、おきよが長袖着てるじゃねえか」

　ペタが今度はおきよの袖口を引っ張った。僕がかわりに訳を話した。

「そうだろうな。ありえねえよな。よしっ、おれも軍資金を稼ぎに行くか」

　ペタの顔が輝いた。また何かよからぬことを考えているらしい。


　僕らは駅に向かった。狭い道を一本抜けるとそこはもう商店街だった。駅前の映画館の並びにペタの両親が営む八百屋がある。

「みんなはここで待っててくれ」

　そう言うとペタはすたすたと店に入っていった。

「明、どうしたの？」

　母親が訊いた。

「ちょっと旅に出てくるから、小遣いくれよ」

「何が旅だよ。昨日あげたろ」

「あれは駄菓子屋で使っちゃったよ」

「じゃあ、もうないよ。旅だなんてくだらないこと言ってないで、宿題でもするか、店の手伝いをしな」

「今日はだめ、今日はどうしてもむり。また、今度やるから」

「まったく口ばっかりなんだから」

母親がそう言いながらちょっと脇を向いたすきに、ペタは吊してある篭に手を伸ばした。釣り銭用の小銭が入っている。音をさせないようにそっと握り、そのまま、ポケットに突っ込んだ。

「あっ、やった」

ピカイチが声をひそめた。

「うん、見た」

僕も小声で答える。

「手慣れてるな」

ノンさんが腕組みして言った。

「じゃあ、そういうことで」

ペタが店から出てきた。

「遅くなるんじゃないよ」

後ろから母親の声が追った。かすめ取られた小銭のことには気づいていないらしい。

「のんきな店だな」

おきよがつぶやいた。

改札の前にペタがやって来た。店の方に背中を向けながらポケットに入れていた手を出した。にやにやしている。僕らも興味津々で見つめた。開かれた手のひらにはたくさんの十円玉があり、そこに五円玉と一円玉が混じっていた。

「しまったあ。アカダマばっかだ。ねらいは百円玉だったんだけどな」

「でも、けっこうあるじゃないか」

「あとでおごるぜ」

「ところで、どこまで行けるんだ」

ノンさんが運賃表を見上げた。大きな路線図には赤く塗られた丸がひとつあり、「当駅」と書かれてあった。そこを右にたどる。都心に向かう方だ。

「ええと、当駅がここ豊原だろ。次が鶴沢、そして、桜堤、藤ヶ谷……。藤ヶ谷までが二十円区間だ」

僕はノンさんに教えた。

「大人二十円だから、子どもは十円だな」

「そう。そういうこと」

「じゃあ、藤ヶ谷まで行こう」

窓口で買った切符を駅員に切ってもらう。鋏をかちゃかちゃ器用に鳴らしている。刻みの入った硬い切符を見ていると、いよいよ探検に行くんだという気分が湧き上がってきた。

普通旅客運賃表
三ツ屋
渋沢
入口
2 3 のりば
きっぷうり
MAP

ホームに出る。緑色の電車が重そうにやって来た。そして、耳ざわりなブレーキ音と鉄くさい臭いをまき散らしながら止まった。

電車が走り出すと、まもなく浄水場の塔が見えてきた。向こうから電車を見たことは何度もあるが、電車の窓から塔を見たのは初めてだった。

「なるほど。これじゃあ、ノンさんもアキオも見つかる訳だよな」

僕が言うと、「確かに」と、ノンさんが笑った。


隣の駅あたりまでは多少見知っているところもあるが、その先は見慣れない景色になり、やがて、目的の藤ヶ谷に着いた。

薄暗い改札口を抜けると駅前市場があった。戦後まもなくできたものらしく、狭い敷地にひしめき合うようにして店が並んでいた。魚、漬け物、乾物、惣菜など、毎日の食卓に必要な食べ物であふれている。昼にもかかわらず、買い物客が多かった。

「おれたちの町よりもにぎわってるな」

おきよが感心している。

僕らはひととぶつかりながら通路を抜けた。いろいろな匂いが混ざっている。胃袋を刺激するものもあれば、気分が悪くなりかけるものもあった。

ようやく市場の一角を抜けた。その先にはパン屋やそば屋があり、その向こうを広い道路が横切っている。その角に模型屋があった。

「ああ、すごい。サンダーバード5号がある」

めざとく見つけたのはピカイチだ。規模はたいして大きくないが、広いウィンドウの奥にはたくさんの完成品が飾られてあった。もうここだけが別の世界だった。

ウィンドウにへばりつくようにして、ピカイチは飾られてあるものを次々紹介し始めた。

「隣町の昭和堂にもたくさんあるけど、5号はなかった。ここすごいな」

ドアのところからなかをのぞくと、天井までつづく棚の連なりに、あふれるばかりにプラモデルの箱が積まれている。

「今年はサンタさんにここの模型を頼もう」

「おい、ピカイチ。まだサンタさんか?」

ペタが苦笑いした。

「おいらんちには毎年来るよ」

「へええ」

話し込んでいるうちに大きなガラス製のドアが外に開かれ、ピカイチに当たった。なかから少年がひとり出てきたのだ。

「いってえ」

うずくまったピカイチをちらっと見て、その少年はすたすたと歩き去ろうとした。

「おい、あやまれよ。今ドアがぶつかったんだぞ」

僕は大きな声で呼び止めた。

「そんなとこにいるからだろ。邪魔なんだよな」

ちょっと変な坊ちゃん刈りのその少年は、小さな声でそう言うと、走っていってしまった。

「なんだ、あいつ。生意気だな」

ペタがむっとしている。幸いピカイチはたいしたことなかったので、追いかけはしなかった。


広い道路を渡ると直交する道の入り口にアーチがあり、「藤ヶ谷銀座商店街」と書かれてあった。一歩なかに入ると、どの店にも商品があふれ、呼び込みの声や、客とやり取りする声、スピーカーから流れる音楽などでにぎわっていた。見上げると、万国旗がジグザグに張り巡らされている。ここにいるだけで気分が高揚してきた。

「なんか買いに行こうぜ」

おきよが興奮している。

「五十円じゃ少なかったな」

僕がぼやくと、ノンさんが、「仕方ない。うまく使おうぜ」と言った。

焼きたてのパン、揚げたてのコロッケ、和菓子のあんこ、蒸したほうじ茶。胃袋を刺激する匂いが次々に鼻をくすぐる。ついさっき昼を食べたばかりなのに、おなかがすいてきた。

「ここの八百屋、うちの店より品揃えいいかも」

ペタが感心しながらつぶやいた。

その隣にはパチンコ屋があり、ドアが開くと、にぎやかな音楽とじゃらじゃらという玉の音が響いた。入り口付近には銀色の玉がいくつか落ちている。僕はそっと拾ってバッグに入れた。

おきよは今川焼き屋の前で職人がつくるようすを見ていた。そして、ごくんと大きくつばを飲み込んだ。おきよの隣に立つ。匂いにつられてあんこの甘さが舌に甦ってくる。

「これ買っちゃおうか?」

僕が声に出した時、おきよが「おっ、あそこ駄菓子屋だろ」と指さした。

「さすが、めざといな」

ノンさんはそう言いながら走り出した。

狭い間口に立つ。薄暗い店のなかには地元の子どもたちがたむろしていた。

「こんちわあ」

ペタが先頭切って店に入った。なかにいた五、六人の子どもたちが一斉に顔を向けた。僕らはそんなことにはかまわずに、たくさん並んだ品物を物色し始めた。

「やっぱりにぎわっているところは駄菓子屋も違うんだね」

ピカイチがうれしそうだった。

地元の子どもたちがひそひそ何かささやきながら、そっと店を出ていった。いつのまにか僕ら五人だけが残ったのだが、選ぶのに夢中で誰も気がつかなかった。

店を出て少し行くと川があり、僕らは買ってきた物を食べながら橋を渡った。

日射しが思いのほか暖かい。川沿いに植えられたヤナギの葉は、もうほとんど落ちていた。その木を見ていると、子どもたちが群れているのが目に入った。岸に沿って、かなり距離をおいていたが、こちらをちらちら見ているのがわかる。

「ノンさん、気づいてる?」

僕が声をかけると、「ああ、あいつらな」と、ノンさんが前を向いたまま答えた。

「ま、おれたちはよそ者だから、気になるんじゃねえ?」

ペタだ。

橋を渡り終えたところに小さな公園があった。ベンチに腰を下ろして、存分におやつを口にした。ピカイチは持ってきたチョコレートをみんなに振る舞った。

「のりまきはあんまり食べるなよ」

「なんでだよ」

「鼻血が出るから」

「おれだって食いたいぞ」

僕も肩下げバッグからミカンを出した。

公園から先は店が減り、畑や空き地が目立ち始めた。

「商店街は終わりかな?」

そう言いながら振り返ると、先ほどの子どもたちがついてきているのを見つけた。八人ほどいる。僕は動揺を隠しながら前に向き直り、「あいつらつけてきてるぞ」と小声で伝えた。

「なんで? おいらたち何もしてないよね」

ピカイチがあわてている。

「この町にいることが問題なんだろ」

ノンさんがゆったりと答えた。

民家の脇に井戸があった。家のひともいたので、僕らは井戸水を飲ませてほしいと頼んだ。鋳物のハンドルを上下させると、さらしの布で包んだ水口から透き通った水が出てくる。手にすくって口に運ぶ。さすがに手が冷たいが、それでも思ってたよりは温かかった。

お礼を言って歩き出すと町の子たちはやはりつけてくる。少しずつ少しずつ距離を縮めているのが、なんとなく気配でわかる。

すると、ノンさんの目の前に黄色い物が降ってきて、不細工な音を立てた。同時に、中身が弾けて、独特の臭いが広がった。

「くせえ。うんこか?」

ペタが叫んだ。

「えっ、地雷が飛んできたのか?」と、おきよ。

「違うよ。ギンナンだよ」

かがんで確かめたピカイチが教えてくれた。

「あいつらの仕業だな」

ペタが振り向いた。

「ノンさん、靴大丈夫?」

「ああ、当たってない」

僕らは町の子どもたちと向き合った。

「ギンナン投げたのおまえらだろ」

ペタが大きな声を出した。でも、誰も何も言わない。ただにやにやしているだけだった。

「変なやつらだな」

おきよだ。

「ほっとこうぜ」

ノンさんが言ったのを受けて、ペタが「ノンさんに免じて今回は我慢してやるけどな、今度投げたらただじゃおかねえぞ。覚えとけよ」と啖呵を切った。

するど、初めて子どもたちのなかから声がした。

「へえ、ノンさんだってよ」

「ノンさん?」

「ノンさん……」

ささやくように言い交わしながら、押し殺した含み笑いがいくつもおこった。

「不愉快だな、あいつら」

おきよのことばが終わらないうちに、歌うような声が聞こえてきた。

「ノンさん、ノがつく、ノリ屋のせがれ」

奇妙な節をつけてもうひとりがつづいた。

「ノンさん、ノがつく、ノリ屋のせがれ」

「おれんちは海苔屋じゃねえぞ」

ノンさんが小声で言った。調子を合わせる人数が少しずつ増え、声がだんだん大きくなってきた。

「ノンさん、ノがつく、ノリ屋のせがれ」

「だから、違うって言ってんだろ」

おきよが怒った。

「おまえらしつこいぞ。ノンさんちは海苔屋じゃない」

僕がひときわ大きな声で訴えた。

「ノンさん、ノがつく、ノリ屋のせがれ。のって、のられて、のり殺された」

「……………」

僕らは一瞬沈黙した。そして、ことばの意味を飲み込むと、怒りがマグマのように湧き上がってきた。火山の映像なんかによくあるあれだ。

「ノンさん、ノがつく、ノリ屋のせがれ。のって、のられて、のり殺された。ははは」

「もう許せねえ」

ペタとおきよが走り出した。僕とピカイチもつづいた。元々距離があったので、なかなか追いつけない。きっとそれを知っていてなのだろう。相変わらずにやにやしながら逃げていく。


町の連中の逃げた先は大きな寺だった。山門の手前に太いアカマツの木が何本もあった。門はくぐらずに、その外側を回り込むように走っていく。その姿を追って大きな山門の脇を抜けると、寺の一角が公園になっていた。ブランコやすべり台、鉄棒、ジャングルジムなどがあった。公園を抜けると、左手に広い墓地への道が分かれた。そして、ついに大きな古いお堂の前で行き止まった。がらんとして人気のない敷地には、ほかに大きなイチョウの木といくつかの物置小屋があるだけだった。

「やっと追いつめたな」

ペタがそう言いかけた時だった。追われていた子どものひとりが大きな声を出した。

「ふみちゃあん。オッケーだよう」

その声はあきらかに僕らの後ろに向けられていた。状況がわからないまま、僕は振り向いた。そして、思わず「あっ」と叫び声が出た。今来た方から別の集団がやって来たのだ。

「やられたか」

ノンさんが低い声でうなった。

「はさみうちだ」

ピカイチの声が震えている。

後ろからやって来た連中はゆっくり近づいてきた。イガグリ頭のいかつい体つきの少年を中心に、やたら背の高いのと、不似合いな坊ちゃん刈りの少年など五人。

「あいつ、模型屋にいたやつじゃないか」と、おきよ。

「どれ?」

僕は震えをこらえながら訊いた。

「ほら、あの座敷わらしみたいな坊ちゃん刈り」

なるほど、「座敷わらし」でピンと来た。たしかに無造作にドアを開けてピカイチにぶつけた少年だ。

「そうか。あいつが言いつけ魔か」

ペタがにやついている。

「おまえらに話がある」

イガグリ頭が言った。家で刈ったのかかなりまだらな仕上がりだ。そこに傷や小さなはげがたくさんある。まるで、『宇宙』の図鑑に出ていた小惑星だ。

「おれたちにはねえな」

ペタだ。

「おまえら、どっから来たんだ?」

小惑星のようなジャリッパゲが訊いた。

「あっち」

ペタがへらへら笑いながら適当に指さした。

「生意気だな、こいつ」

隣に立っているウドの大木が言った。

「ここはおれたちの町だ。ひとの町に来て、あんまえらそうにすんなよ」

「『おれたちの町』?　おまえここの町長か?」

「それだけしゃべれるんだったら、ついでにあやまった方がいいぜ。今ならまだ許してやる」

ジャリッパゲが上目づかいににらみつけた。

「何言ってんだ、こいつ。頭変なんじゃないか。ま、頭の格好はとても変だけどな」

ペタのひとことに僕らは大笑いをした。ジャリッパゲが顔を赤らめた。

「素直にあやまる気はないんだな」

「おまえに素直なんて言われたくないね」

「やっつけちまえ」

ジャリッパゲが大きな声でお堂にいた連中をけしかけた。あっという間にピカイチが捕まった。

「あっ、何すんだよ。おいら何もしてないだろ」

大勢に寄ってたかって腕を引かれたピカイチは、お堂の階段の脇に連れていかれた。

「何しようってんだ？」

ノンさんが大声を出した。ペタが走り出そうとする。

「止まれ」

ウドが体で阻止した。ペタがウドをにらむ。

「どけよ」

「おれたちに頭を下げればな」

ウドが答えた。

「やだって言ったら？」

「あいつが泣くことになる」

ウドがピカイチを指さした。ピカイチはもう泣いていた。

ペタはウドの脇を走り抜けようとした。ウドは思いのほか素早く反応して、後ろからペタの両腕をつかみ、ねじり上げた。ペタがうめいた。

「こいつうるさい。誰か縄持ってこい」

ウドの周りに座敷わらしたちが集まり、物置小屋から持ってきた荒縄でむりやりペタを縛り上げようとした。ノンさんが駆け出した。しかし、「じっとしてろよ。人質がどうなってもいいのか」と、ジャリッパゲに刑事ドラマの犯人のようなせりふを言われ、思わず立ち止まった。よく見ると、まわりの連中がいつのまにかパチンコを手にしていたのだ。手製なのだろう。Y字になった木の枝に太いゴムが張られ、それを引き絞っている。

僕らは動けなかった。

ペタは後ろ手に縛られながらも、両足をじたばたさせて抵抗した。怒ったウドが縄を強く引いたので、ペタは地面に横倒しになり、そのままずるずると引きずられた。西部劇でよく観るあれだ。引かれていくペタのズボンのポケットから小銭がこぼれ出した。それを見た子どもたちが拾い始めた。

「こいつ、こんなに持ってる」

「よし。あやまる気がないらしいから、通行税で許してやろう」

連中はよってたかってペタのポケットに手を突っ込み、小銭を巻き上げた。店の篭からちょろまかしてきた小銭にみんなの目が向いているすきに、おきよがピカイチのもとに走った。パチンコをかまえていた連中も、小銭に目を奪われていたので気づかなかった。

おきよはピカイチをおさえていた子たちに空手チョップを浴びせた。力がゆるんだ瞬間、ピカイチは腕をふりほどき逃げた。おきよも体を反転させたが、その時ひとりがパチンコのゴムをはじいた。飛んできた石はむき出しの膝に当たった。

「いってえ」とうめくと、おきよはその場に座りこんだ。体勢を立て直した子どもたちが後ろからやって来て、今度はおきよが捕まってしまった。

「おきよ、ごめん」

まだ涙に濡れた顔でピカイチがあやまった。子どもたちはおきよのズボンのポケットにも手をつっこみ、金を取った。

「ちぇっ、こいつはあんまり持ってないな」

おきよがにらみ返した。

結局、もとの状況に戻ってしまった。捕まったふたりと、威嚇されている三人。万事休すだ。

「そこの三人からも通行税取ろうぜ」

ジャリッパゲが命令すると、みんなそろってパチンコで威嚇しながら集まってきた。ウドが僕らのポケットから小銭を取り出した。

「帰りの電車賃は取るなよ」

涙を拭きながらピカイチが言った。

「へええ、電車でわざわざ来たんだ」

「そうだよ。だから、金が必要なんだ」

「ふうん。むりだね」

「なんだよ、このうすらデカ」

めずらしくピカイチが毒づいた。

座敷わらしが僕の前に立った。

「おまえ、そのバッグ見せろよ」

「なんでだよ」

「まだなんか隠してるだろ」

子ども離れしたいやらしい笑いを浮かべている。

「別に、隠すような物はないよ」

「とにかくおろせ。そして、なかを見せろ」

「ちぇっ、うるせえな」

僕は、ぶつぶつ言いながらバッグを肩からはずした。座敷わらしが口を開け、逆さにした。でも出てきたのは方位磁石、ドライバー、虫メガネ、小さな空き瓶、輪ゴム、ビニール袋、赤チン、それにさっき拾ったパチンコ玉。

「なんだ、こんな物しかないのか」

座敷わらしが興味を失ってジャリッパゲのところに戻っていった。ウドが集めたお金を数えている。

「のりまき、このビニール袋と輪ゴムもらっていいかい?」

ピカイチだ。

「もちろん。でも、どうするんだ、そんなもん」

「仕返しだ。まあ、見てなよ」


「なんだか変だなあ」

お堂の方で口のとがったカッパ顔がつぶやいた。おきよの肩口から腕をつかみながら、「こいつ女みたいな男だぞ」と言った。おきよの表情がきっとなる。

(ばかだなあ。男みたいな女なんだよ)

僕は心のなかで教えてやった。

座敷わらしが近寄る。

「おれっちが確かめてやろうか」

そう言うと、デニムの半ズボンの股間に手をやった。

「ほら、ちゃんとチンポコあるよな」

しかし、握ろうとして動きが止まった。

「あれ、こいつ…」

全てを言うことはできなかった。蹴り上げたおきよの膝が座敷わらしのチンポコを直撃していたからだ。

僕は駆け出した。そして、カッパ顔の後ろからスリーパーホールドをかけた。学校の先生は観るなと言うけど、やっぱりテレビのプロレス観戦は役に立つ。

自由になったおきよは、目の前でうずくまる座敷わらしをまたぎ越して走り出したが、再び、パチンコの石に打たれた。今度は腹に当たった。

「おきよ、動くな。危ない」

ノンさんが大声を出した。

「どうやらこれで税金の徴収は終わったようだから、そろそろ引き上げるか」

ジャリッパゲがにやにやしている。しかし、股間を蹴られた座敷わらしの怒りが収まらない。

「いってえなあ。許さない」

涙目で立ち上がると、カッパ顔を押さえ込んでいた僕のところへ来た。

「あっ、のりまき、早く逃げろ」

おきよの声がした。一瞬の混乱のために、つい腕の力が抜けた。カッパ顔が思い切りのけぞった。後ろ頭が僕の顔面を打った。閉じた目のなかで無数の線香花火が瞬いた。

次の瞬間、出た。思い切りたくさん。

「あぁっ！」

町の連中が驚いている。

僕の顔は、下半分が一気に血で染まった。そして、そこからたれた鼻血がブルーのタートルネックのセーターにどす黒い染みをつくった。

おきよがお堂の舞台に駆け上がり、カッパ顔の後ろに飛び降りる。と同時に尻を蹴り上げた。

「やべえ。逃げろ」

座敷わらしが叫んだ。その時、パチンコを持った子たちが悲鳴を上げ始めた。

「うわあ、くせえ」

「てへへ。季節柄トマトのかわりにギンナン爆弾だ」

ピカイチだった。ビニール袋で手を包み、手首は輪ゴムで止めて即席の手袋にし、そこらじゅうに落ちている熟しきったギンナンを片っ端から投げている。

「さすがに臭いな」

ノンさんが顔をしかめた。

町の連中はギンナンの直撃を受けてひるんでいた。それを見てノンさんが駆け出した。二、三人を押し倒すと、そのままペタのところに走り、縄を引っ張ってほどいた。ウドが急いで駆け寄る。ノンさんはウドの手を取った。そして、走ってきた勢いを活かしてぐるぐる振り回した。三回回して手をはなすと、大柄なウドは遠心力に負けて吹っ飛び、倒れこんだ石畳の上で何回も横転した。もちろん、しばらく立てないほどに。ノンさんも勢い余って地面に転び、そのまま横滑りした。

ようやく自由になったペタは、ジャリッパゲのところに向かった。

「このジャガイモ小僧っ！」

ペタの怒りの形相に驚いたジャリッパゲは、くるりと背を向けて走り出そうとしたが、ちょうど、尻尾の骨のところを力一杯蹴られた。ここは痛い。いや、痛いだけではなくて、下半身の力がゆるむ。ジャリッパゲはつま先だって尻を押さえたまま小便を漏らした。そして、乾いた土に点々と染みを残しながら逃げた。

残った子どもたちも、何か叫びながら走り出した。僕は大量の鼻血をたらしながら、足下に散らばったパチンコ玉を拾い投げつけた。三発目がひとりの後ろ頭に当たった。少しスッキリした。でも、この時になって、「ああっ、金返せ」とピカイチが叫んだが、すでに遅かった。

「とにかく、まずのりまきの鼻血をなんとかしなきゃな」

ノンさんが、みんなにハンカチやちり紙を出させた。しかし、まともに持っていたのはノンさんとピカイチだけだった。

「ごめん。油断した」

僕はみんなに詫びた。

「しかし、のりまきの鼻血がこんな形で役に立つとはな」とペタ。

「おれたちは慣れてるけど、さすがにこれだけ出るとやっぱり驚くもんなんだな」

ノンさんが感心している。

「そうかもしれない。でも、こんなもんが役に立ってもうれしくないよ」

僕は鼻を押さえながら鼻声で言った。


寺を出て、井戸水を飲ませてもらった家を訪ねた。水を出しながら、顔を洗わせてもらい、ついでにセーターについた血も洗った。Tシャツ一枚になるとやはり寒い。どうしておきよは平気なんだろう。

そのおきよは、「おれにやらせろ」と言って僕からセーターをひったくると、冷たい水でもみ洗いを始めた。

「いいよ。おれがするから」

「いいんだ。おれがやる」

なんでこんなにむきになっているのかわからないが、こういう時は逆らわない方がいいので、そのまま洗ってもらった。

ペタの丸首のセーターの肘はつぎあてが破れていた。袖をまくってみると、肘から手首にかけて大きな擦り傷があり、血がにじんでいた。それも井戸水で洗ったが、あとからいくらでも血がしみ出てきた。

「こういうの、風呂屋でしみるんだよな」

にやにやしながらペタが言った。

「のりまき、これ着ろよ」

ノンさんがジャンパーを脱いで僕に渡した。

「ありがたい。でも、大事なもんだろ？」

「見てみな」

ノンさんが指をさす。

「ありゃ、ここ破れてる」

新品のジャンパーの腕のところがすり切れ、一部がかぎ裂きになっていた。

「きっと姉貴に殴られるな」

ノンさんが苦笑いした。姉貴というのは怖いものなのだろうか。

「のりまき、こんなもんか」

おきよがセーターを広げて見せた。血はほとんど落ちていた。

「すごい。きれいになってる。ありがとう」

おきよが顔を赤らめた。よく見ると、おきよのカーディガンのボタンがいくつもなくなっていた。

紋ったセーターをビニール袋に押し込み、肩下げバッグに突っ込んだ。

僕らは礼を言って民家を出た。おばさんは「いったいどうしたんだね？」と訊いてきたが、僕らはことばを濁して、ジャリッパゲたちのことは言わなかった。「どうせ、ぼくらはよそ者だからね」なんて格好をつける余裕はなかったけど。

もと来た道を歩いた。橋の手前で立ち止まり、あらためて所持金を確かめた。見事にすっからかんだった。突然、ノンさんが大笑いを始めた。日頃クールなだけに、みんな驚いた。

「どうしたんだよ」

ペタが訊く。

「もしかして、変になっちゃったの？」

ピカイチが心配そうにのぞきこむ。

「すまん、すまん。いや大丈夫。だって、笑うしかないじゃないか」

「大物だなあ。おいらは笑えないよ」

「いや、笑っちゃった方がいいのかも」

僕が言うと、

「そうだよな。笑っちゃおうぜ」

おきよが同意した。そう言ってみると、なんだか腹の下の方がむずむずしだし、笑いたくなってきた。おかしい訳ではないけれど、ノンさんにつられてみんな笑い出し、笑いながら橋を渡った。


「でも、金がないとなると、腹が減ってくるなあ」

ペタが鼻をくんくんいわせた。

ふと気がつくと、おきよがいない。振り返ると、数メートル遅れてとぼとぼ歩いている。

「おきよ、腹減ってるのか?」

ノンさんが声をかけた。

「おれはピカイチじゃねえ」

おきよが怒った。

「ああ、ひでえ」

ピカイチの抗議。

「じゃあ、どうしたんだよ」

僕が訊いたが、「別に」と素っ気ない。しかし、追いついてこない。よく見ると、左足を軽く引きずっているようだった。

「おい、おきよ。足どうしたんだよ」

「パチンコでやられたとこか？」

僕らはおきよのところまで戻った。

「なんでもねえよ」

「なんでもねえ訳ねえだろ。ちょっと靴脱いでみろよ」とペタ。

「いいって」

「おきよ。まあいいから、そこに座れ」

ノンさんが豆腐屋の角を指さした。大谷石の段差があり、腰掛けるにはちょうどいい高さだった。

おきよは黙って腰をおろした。そして、靴を脱いだ。はだしだった。ピカイチが小さな叫びをあげた。靴のなかが血で真っ赤だったのだ。

「どうしたんだよ、これ」

ペタが大声を出した。

「お堂から飛び降りた時に、下にあった板から出ていたクギを踏み抜いたらしい」

「こいつはいてえだろ。よく今まで何も言わなかったな」

ノンさんが感心している。

「さすがはおきよだね。おいらなら我慢できないよ」

「だろうな」とペタ。

「とりあえず赤チンを塗っておこう」

「のりまきえらいな。ちゃんと赤チン持ってきてるんだ」

ピカイチがバッグをのぞきこんだ。

「ちょうど出がけに思いついて入れたんだ。だって、おれたちは探検隊だから」

「そうだよ。持ち物って大事だよな」とペタ。


「おきよ、歩けるか?」

僕が訊くと、ペタが、「むりするな。おぶってやるよ」と言った。

「歩ける。大丈夫だ」

頑固なおきよがおぶさる訳はない。でも、これから三駅分歩くとなると、きっときついだろうなと思った。

「みんな、ちょっと待ってくれ」

僕は意を決して声をかけた。四人が振り向く。その顔を見ながら、僕は靴を脱いだ。ズボンのすそをまくり、靴下を下げ、そこから十円玉を一枚取り出した。同じように反対側の靴下からももう一枚。

「おお、すげえ」

ノンさんが驚いている。

「探検隊には、こうした工夫も必要なんだぜ」

「よくやった、のりまき」とペタ。

「でも、二十円しかないんだ。全員の電車賃には足りない」

僕はノンさんを見た。ノンさんがかすかにうなずいた。

「おきよ、これで電車に乗れ」

僕は十円玉を握った手を差し出した。

「……」

「早く帰って手当てした方がいい」

「やだ。おれだけ電車はだめだ」

「じゃあ、のりまきと帰んなよ。鼻血がひどいからさ」

ピカイチが穏やかに言った。

「おれのはもう止まったから大丈夫。ノンさん、送っていってやれよ」

「おれは歩く」

ノンさんがきっぱり言う。

「ペタは？」

「訊くまでもないだろ、そんなこと」

「だよな。やっぱおきよ、おまえ電車だ」

「なんでそうなるんだよ。絶対乗らないぞ」

「困ったなあ」

ペタが真剣な表情になった。

「破傷風になるぜ」

「はしょうふ…？」

「古クギは怖いって、ばあちゃんがよく言ってた」

「そうだよ。早く電車で帰って、医者に行かないと」

「絶対乗らねえ。歩く」

そんなやりとりを見ていたノンさんが苦笑いをしている。

「だよね。おきよだもんね」

ピカイチがため息混じりに言った。

「わかった。そうと決まったら、これでなんか食おう」

僕の提案にみんなはもちろん異議なしだった。


そば屋の出前の自転車が脇を通り過ぎた。夕方の商店街はいちだんとにぎわいを増している。

僕らは考えた末に今川焼きをふたつ買った。

「うまく五人分に分けておくれ」

ピカイチが交渉して、包丁で切ってもらった。

「うめえなあ。こんなうまかったっけ、今川焼きって」

ペタだ。

「よくわからないけど、これ買って当たりだったね」とピカイチ。

「さあ、食ったら帰るぞ」

「どれぐらいかかるかなあ」

「きっと、今日もまた怒られるな」

「ああ、それを言わないでおくれよ」

「でも、また探検しようね」

駅近くの広い道を右に曲がった。この道は電車に沿って僕らの町までつづいているのだ。


「おきよ、肩貸すぞ」

僕が声をかけると、

「……、たのむ」

と、おきよにしてはあっさり答えた。きっと、相当痛むんだなと思った。

僕らは交代でおきよを抱きかかえながら歩いた。

風が冷たい。空が茜色に変わり始めていた。

三日遅れのクリスマス

めずらしく朝寝坊した。でも、朝ご飯は食べたいので、結局家を出るのが遅くなった。もちろん、学校に遅刻するというほどではない。いつもの朝遊びの場所取りができなくなっただけだ。きっと、誰かが代わりに取っておいてくれるだろう。

そんな訳で、今朝は通学路でおきよと一緒になった。ちょうど牛乳屋の前で追いついた。おきよは足の悪い弟を連れて歩いているのだが、自分も左足を引きずりながら歩いていた。おととい の土曜日に見知らぬ町で大立ち回りを演じた時に、古クギを踏み抜いたのだ。それもあのやわらかい土踏まず。傷口を見た時、僕は、耳のつけ根からあごにかけて酸っぱさでしびれるような気分になったのを覚えている。

おきよは高いところが好きだ。そこから飛び降りるのも好きだから、ついあんなことになる。でも、どうやら破傷風の心配はないようだ。しばらくは思い切り遊べないだろうけどね。

そっと後ろから近づき、ランドセルをたたいた。

「おお、のりまきか」

おきよが振り向く。

「足、痛そうじゃない。大丈夫か？」

「力入れると痛むな」

「足の裏だもん。体の重みが全部かかるんだろ？　父さんが言ってた」

「そうだろな。まいったぜ」

「病院、行ったか？」

「行かねえ」

「日曜でもやってるところがあるらしいじゃないか」

「病院は行きたくねえ」

「その気持ちはわかる。おれも病院は嫌いだ」

「おれが病院なんかに行ったら、病気になるぜ」

そう言うとおきよはTシャツの襟ぐりで鼻をふいた。

「お姉ちゃん、言ってることが変だよ」

弟の武志があきれた顔をした。


そんなおきよだったが、結局鬼ごっこに入り、つま先立ちながらも走り回っていた。そして、けっこう捕まらなかった。ペタが、「前世はきっと野良猫だな」と感心した。どうして同じ猫なのにわざわざ野良なのかは訊かなかった。おきよの耳に入ったら、きっと怒られるだろうからね。

教室に戻ると、ピカイチのまわりに浩やたっちゃん、ガン助たちが集まっていた。

「おれも一度行ってみようかな」

ガン助だ。

「行った方がいいよ。とにかく品揃えがすごいんだ」

ピカイチが興奮している。

「なんの話だい？」

通りかかったのは純太郎。自慢が趣味の医者の息子だ。

「藤ケ谷にある模型屋がすごいんだって」

たっちゃんが教えた。

「どんなふうに？」

「とにかく、いろんな物があるんだ。昭和堂も負けるかもしれない」

「たとえば？」

「『サンダーバード』シリーズが完璧。1号から5号まで全部そろっているのはもちろんだけど、2号の大型サイズまであるんだ。あとは、戦闘機や戦車もいっぱいあったよ」

「ゼロ戦、隼、紫電改、ムスタング、スピットファイア、なんでもあったんだろ？」と、たっちゃん。

「そうなんだよ。おいらほんとに驚いたよ」

「そうか。ぼくは自慢じゃないけど、昭和堂ではちょっとした顔なんだよ」

純太郎が鼻から息を抜いた。

「自慢じゃねえかよ」

ガン助が口をとがらせた。

「でも、サンダーバード5号はないかもしれないね」

「ないよ。おいらもついこの間確かめたから」

「となると、その店はチェックしておく必要があるな」

「ええっ。5号はおいらがサンタさんに頼むんだから、純太郎が先に買ったりするなよ」

「……サンタさん？　もしかして信じているのか」

「そうだよ。だって毎年願いを叶えてくれてるからね」

「夢を壊すようで悪いけど、あれは伝説だよ」

「伝説？」

「たしかヨーロッパあたりが発祥だろ」

「……みんなのうちには来ないの？」

ピカイチが心配そうに見回す。みんなは、「来ないよ」「父さんだよ」などと口々に言った。

まもなく先生が来たので、この話はここで終わってしまった。

しかし、ピカイチは納得できなかったらしく、帰りがけに僕らにその話を始めた。

「みんなはいないとか、信じてないとか言ってたけど、のりまきたちはどう思う」

「おれはいてほしいと思う。でも、おれんちには来たことないから……」と僕。

「プレゼントどころか、クリスマスにケーキを食ったこともないぜ」

ペタがそう言い、「おきよ、おまえは?」と訊いた。

軽く足を引きずって歩きながら「うちもおんなじだ」と答えた。

「おれたち縁がないんだな」

おきよに合わせてゆっくり歩くノンさんが言った。

「考えてみると、外国人のサンタが日本人のおれたちにプレゼントをくれることがそもそもおかしいいんじゃねえか」とペタ。

「でも、ま、信じているやつのところには来るのかもしれないぜ」

そう言ってノンさんがピカイチの肩を軽くたたいた。そして、大きなマツの木のある角で「じゃあな」と別れた。

僕はいったん家に帰ってから、ペタのうちに出かけた。正確に言うと、隠れ家を訪ねたのだ。ペタはここを「本部」だと言っているが、みんなは「ペタ小屋」と呼んでいる。

「オッス」

いつもの挨拶。

「チース。入っていいぜ」

これもいつもの返事。

なかに入ると、おとといとは違う感じがした。

「あれ、なんか明るくなったな」

僕がそう言うと、ペタは黙って指さした。窓がつくられてあった。

「昨日こしらえたんだ。ここの板はずして、店にあったビニールを二重に貼った」

「おお。いいアイディアじゃない」

「だろ」

ペタがうれしそうに鼻をこすった。

「でも、これからはもっと寒くなるから大変だよな」

「そうなんだよ。だから、これ」

ペタは奥から業務用の大きなケチャップ缶を出してきた。灰がたっぷり詰まっている。

「火鉢」

そう言うと古い菜箸で灰をかき混ぜ、なかから濃い小豆色をした炭をいくつか取り出した。そっと息を吹きかけると、かあっと赤くなった。

「ここじゃストーブもこたつもむりだから、いろいろ考えてこれにした」

「なるほど。これはいいね」

すぐに効果がある訳ではないが、少しずつ暖かくなってきた。というか、暖かくなってきたような気分にはなった。

「これ少しだけど」

僕がバッグからかりん糖やふ菓子を出すと、「おお、いつも悪いな。じゃあ、餅でも焼くか」とペタは網を出して「火鉢」の上に置いた。

「そうか、餅焼けるんだ」

「湯だってわかせるぜ。ただし、とても時間がかかるけどな」

「すごいな。完全に隠れ家じゃないか」

「まあな。いろいろ苦労したけどな」

苦労、どうやら小次郎をめぐる一連のできごとのことを言っているらしい。

「そうだ、こいつもあるんだ」

ペタは小さなゲルマニウムラジオをつけた。雑音に混じって落語らしい声が聞こえてきた。

「へえ、これは本部には絶対必要だよ」

「のりまき、いいこと言うねえ。そう、本部には欠かせないんだよ。あと何が必要だろう」

「あとは、……武器かな」

「なるほど、この前のこともあるしな。いざ出動という時のためにはあった方がいいな」

ペタはうれしそうだった。

「そういえば、光男んちのじいさんのこと知ってる？」

僕が訊いた。

「ああ、原爆じいさんだろ」

「原爆？　……ピカドン？」

「ああ、そうだ。なんで、また？」

「おととい会った。というか…」

僕はばったり出会って驚かされたいきさつを詳しく話した。ペタは「おれが聞いた話だと」と知っていることを教えてくれた。

光男のじいさんは兵隊として戦争にかり出され、最も厳しかった南方に行かされた。多くの仲間が死ぬなかで、なんとか生きて帰ってきたのだが、精神に異常を来していて、それは時間をおいても治らなかった。それでも初めのうちはまだいくらかよかった。しかしその後、空を飛ぶ飛行機の音を聞くと、暴れ出すようになったらしい。仕方なく薬を処方してもらい、ようやく興奮は治まった。ところが、今度は床下に不発の原子爆弾があると言いだした。「暴れるよりは、まだ……」と家人はほうっておいたらしい。でも、スコップや鍬を持って床下に潜るようになって、みんなあわてたということだった。

「もちろん、掘ったって何も出てくるはずはねえよ。戦争で頭がいかれちまったんだな。おっと、餅焼けたぜ」

　こんな粗末な火鉢なのに、網の上の餅はぷっくらふくらんでいた。ペタは醤油と海苔まで用意してあり、先ほどの菜箸で器用に仕上げをした。

「これは温まるなあ」

　ふうふう吹きながら、僕は焼きたての餅をほおばった。その後、小さなやかんで湯をわかし、粉ジュースを溶いて飲んだ。

　冬の日暮れは早い。せっかくつくった窓だったが、まもなく懐中電灯をつけなければならなくなった。


　夕飯はおでんだった。大好物だ。ついさっきペタ小屋で餅やお菓子を食べたばかりなのに、たっぷり食べてしまった。食べながら僕は、「ねえ、うちにはサンタさんは来ないの?」と訊いた。弟も「サンタさん来てほしい」と大きな声を出した。

「サンタさんねえ」

　母さんが気乗りしない言い方をした。そして、「あなた、どう?」と、父さんに投げた。なんだか厄介な物を押しつけられたような顔をして父さんは母さんを見たが、母さんは見事にそっぽを向いた。

「まあな、ここは日本だから」

「えっ……？」

　弟が父さんを見つめたまま動かない。

「でも、ピカイチのうちには毎年来るらしいよ。もちろん、プレゼントを持って」

「光一くんのところは、たしか、ひとりっ子だろ」

「ええっ、兄弟がいたらだめなの？」

　僕は弟を見た。危機を感じたらしい弟が僕をにらみ返した。

「あのな、うちはクリスチャンじゃないんだから、クリスマスもサンタクロースも関係ないんだよ」

「でも、町のなかやテレビではクリスマスのことをたくさんやってるじゃない」

「ありゃあ、まあ、宣伝だな」

「宣伝？」

「セールだよ。みんなにケーキやおもちゃを買ってほしくてやってるだけだ」

「おもちゃはサンタさんが買うんだよね」

「いや、サンタが来ないうちは自分たちで買うんだ」

「ぼくはクリスマスが誕生日なのに、サンタさんは知らないんだよね。クリスチャンになったらいいのかな」

「おまえな、教会に行かなけりゃならないんだぞ。それも、毎週日曜日の朝」

「ええっ、ほんと？」

それはまずい。年に一度のクリスマスのために、貴重な日曜日の朝を失うことはできない。

「教昭のお誕生日にはお赤飯を炊いて、ケーキを買ってお祝いしてるんだから、いいんじゃないの、それで」

母さんが話を終わらせようとしている。ま、うちとしてはこのあたりが限界なのだろう。さっきまであんなに食欲があったのに急に失せてしまった。残った大きながんもどきをほおばりながら、ごちそうさまをした。


その晩、布団のなかでサンタクロースがやって来ることを想像してみた。背負っている大きな袋から、僕の頼んだおもちゃを取り出し、枕元に置いていく優しそうなその姿を。

そこではっと気づいた。うちには煙突がない。もちろん、ピカイチの家にもない。だとしたらいったいどこから入ってくるんだ？　ピカイチの家ではその日は鍵をかけないのか？　そっと扉を開けるサンタの姿は、ほとんどドロボウ。とっても不細工だ。

なんだか頭が混乱してきたので、別のことを考えることとして、ペタ小屋を思い出してみた。僕もあんな小屋をつくってみたい。そんなことを思い始めると、あっという間に眠りがやって来た。気がついたら朝だった。

天気予報が冬型の気圧配置とか言っている。外に出ると、冷たい風が強かった。むき出しの顔や手の甲が痛いくらいだ。

午後の遊びは、久しぶりのはたけ。ペタ、おきよ、ピカイチとせいちゃんでツリーハウスを修理した。クリスマスが近いからと、ペタがどこかから拾ってきた万国旗を飾りつけることにした。

「ハウス全体がクリスマスツリーなんだぜ。これってかっこいいよな」と言ってはいたが、万国旗が相当にくたびれた代物なので、難破船にしか見えなかった。

いよいよ日が短くなってきた。遊び始めてもあっという間に日が暮れる。

「ちぇっ、もうおしまいか」

ペタがちょっと怒ってる。

「つづきは風呂屋にしない？」

せいちゃんの提案。

「いいねえ。何時にする」

「今日はテレビも大したものないから、七時半でどう？」

「いいよ。決まり」

こういうことは話が早い。

「ずるいな。おれも行こうかな」

「おい、おきよはむりだろ」

「……」

真っ暗な夜空に銀色の星がたくさん輝いている。木枯らしが身を切るようだ。僕は体を縮めて風呂屋に出かけた。

脱衣所から大きな浴室へ。ガラスの扉は湯気で真っ白。そこを開くと一瞬何も見えなくなった。でも、ピカイチに呼ばれて、ようやくなんとか目が慣れた。

「これで全員集合」

「さすがにおきよは来なかったな」

泡だらけのペタが言った。

「うん。でも強く誘えば来たかもしれないから怖いよね」

せいちゃんだ。

「いるぞ～」

「うわっ、女湯にいた」

湯船で泳いで、年寄りに叱られたあとは、湯桶に湯を張り、誰が一番長く息を止めていられるか我慢大会が始まった。遊んでいるうちに一時間が過ぎた。

「そう言えば、てっさんたちがクリスマスパーティーをするって言ってたな」

ペタだ。

「てっさんちは音楽一家だから、毎年家族で演奏会を兼ねたパーティーをしてるみたいだよ」

ピカイチが答えた。

「ふうん。想像がつかねえな」

「今年はそこに何人か呼ばれているらしいよ」

「朝代たちもなんだか騒いでいたね。パーティーやるって」と僕。

「そうだね。男の子も呼ぼうかとかなんとか騒いでた」

なぜかピカイチはよく知っている。

「ま、おれたちはお呼びでないだろうな。せいちゃん、三組はどうなの？」

「アキオがやるって言ってた」

「クリスマスパーティーを？」

「いや、忘年会にしようって」

「せいちゃん行くんだ」

「うん。一応呼ばれてる」

ペタが桶いっぱいの湯を頭からかぶった。そして、「おれたちもやるか」と大きな声を出した。

「えっ？」

「パーティーだよ」

「やりたいけど、場所がないよ」

ピカイチだ。

「おれの本部じゃせまいよな」

「ペタ小屋じゃむりでしょ」

僕が言うと、「小屋じゃねえ。本部だよ」と怒った。

僕は軽くあやまったあとで、「実はさあ、おれ十二月二十五日生まれなんだよ」と言った。

「のりまき、イエス様とおんなじなんだ。へええ、えらいんだね」

と、ピカイチが感心した。

「別に何もえらくないよ。だって、今まで一回もお誕生日会したことないんだぜ」

「みんなを呼んでやるあれ？」

「そう。だから、今年はちょっと粘って頼んでみようかなって思ってるんだ。それなら、うちでできるかもしれない」

「そうか。のりまきの誕生日をクリスマスパーティーと一緒にするんだ」

ペタがうれしそうだ。

「そういうこと」

「なるほど。頭いいなあ」

ピカイチがまたも感心した。

「のったぞ、その話」

女湯からだ。

「まだいるよ、おきよ」


このアイディアを、僕は翌日母さんに話した。母さんは「うちは狭いしねえ」なんて渋っていたけど、お誕生日会ということでなんとか承知してくれた。

「のりまきのうちでパーティーをすることになった。二十五日の午後」

ペタに教えた情報は、早速ノンさん、おきよ、ピカイチに伝えられた。

「ところで、クリスマスパーティーって、何するんだ？」と、おきよ。

「さあ、わからねえ」

ノンさんが即答。

「まず、クリスマスツリーがいるよな」

ペタだ。

「うちにはツリーなんかないよ」と僕。

「うちもない」

ピカイチも言う。

「あの木はなんだっけ？」

ペタの質問に、「たしかモミの木だよ」と僕が答えると、ノンさんが言った。

「じゃあ、親父に頼んでどこかでモミの太い枝を払ってきてもらおう」

「ノンさん、七夕じゃないんだから」

「だめか?」

「だめだと思う」

「あとはやっぱプレゼントだよ」

僕が言うと、「でも、それはサンタさんが……」とピカイチが言った。

「じゃなくて、みんなでちょっとしたプレゼントを交換し合うらしいよ」

「そうか。なるほどね」

「お祈りしたり、歌ったりもするらしいぜ」

ペタの情報だ。

「それは教会だろ。おれたちにはむりだよ」

考えてみると、僕ら五人にとっては誰もが初めてのクリスマスパーティーだったのだ。


パーティーまで、いや、僕の誕生日まであとわずかという土曜日の午後、商店街の福引きに行くというピカイチと一緒に、僕も家にあった券を持って出かけた。

商店街はどこも歳末セールでにぎわっている。なかでもケーキ屋さんやおもちゃ屋さんはきらびやかだった。電飾やキラキラ光る大きなガラス玉につい見とれてしまう。洋品店にも大きなツリーが飾られてあった。ピカイチとふたり、ショウウィンドウ越しにしばらく見入ってしまった。

福引き所は駅向こうなので、駅前を通る。めずらしくペタが店で働いていた。僕らが声をかけると、「いやあ、お年玉がかかってるからな」と、照れくさそうだった。

「父さんは？」

「配達。この時期は仕入れと届け物が多くてな。だからおれが店番。店の方は夕方以外はそんなに忙しくねえんだ」

ペタは紺の前掛けのポケットに手をつっこんだ。その姿を見てピカイチが、「ペタ、それ似合ってるよ」とほめた。

「よせよ。おれは店なんか継がないぜ」

「じゃあ、何になるの？」

「レーサーだよ」

「……」

「オートバイのレーサー。レースに出るんだ」

「へええ、すげえ」

「だろ」

ペタが自慢げに胸を反らした。その後ろの棚に果物篭が載っていた。

「あっ、やっぱあるんだ、あれ」

僕が指さした方を見て、ペタが体をひねった。

「ほら、テレビによく出てくるお見舞いの篭」

「ああ、あれな」

「前から気になってたんだけど、何が入ってるんだ?」

「おれもよく知らねえ。降ろしてみるか」

ペタは椅子に乗り、篭を抱えた。透明なセロファンがかしゃかしゃ音をたてた。

「けっこう重いな」

大きな篭がリンゴ箱の上に置かれた。

「すごい。本物をこんなに近くで見るのは初めて」

僕はちょっと声が上ずった。

リンゴやミカン、モモの缶詰などに混じって洋梨が入っている。もちろん、リンゴ、ミカンだって、店先で山盛りにされた物とは大きさも色つやも違う。それが薄い高級そうな紙やセロファンに包まれているのだから、余計ありがたく見える。

なかでもひときわ目を引くのがマスクメロン。キラキラした細かな詰め物のなかにどっしりと腰を下ろした緑の球体は、まちがいなく果物の主だった。その存在は知っていても、未だかつて口にしたことのないあこがれの果物だ。

「縁がないよな」

　僕はため息をもらした。

「うちだって売ってはいるけど、食ったことはねえよ」

「でも、病気になればもらえるんだろ」

「そうかなあ。めったに売れないぜ。だから、ときどき中身を入れ替えなくちゃならねえんだ」

「やっぱ夢の果物なんだな」

　そこへちょうどペタの母親が帰ってきた。

「あら、教昭ちゃんたち、お買い物？」

「ううん。福引きに行くんだ」

　それを聞いてペタが、「おれも行きてえな」と言った。母親が小ひきだしから福引き券を出し、足りない分は自分の店のを足して手渡した。

　福引き所に着くと、ちょうど鐘が鳴らされた。

「おっ、なんか当たったらしいぞ」

「はい、おめでとう。三等賞はミニツリーです」

　手のひらに載るようなかわいいクリスマスツリーだ。

「あれいいな」

ピカイチがうらやましそうに見つめた。

初めにペタが引いた。八角形の抽選器を慎重に回す。出たのは赤い玉だ。

「あれえ、これじゃないんだけど」

「明ちゃん、まあまあ、もう一回」

商店街の知り合いらしいお姉さんが笑いながら言った。ペタは今度は少し勢いをつけた。やっぱり赤だ。

「ええっ、まちがいだろ」

「明、気合いを入れろ」

髪が薄くなりかけたおじさんだ。たしか、刃物屋さんだった気がする。

三回目は思い切り速く回した。受け皿に当たる玉の音が少し大きい。

「出た」

ペタが宙を見つめて言い放ち、それから、受け皿に顔を向けた。見事に赤だった。

「はい、残念」

刃物屋のおじさんが言った。

「これ、赤しか入ってないんじゃない？」

「おいおい、ひと聞きの悪いことを言うなよ。ちゃんと当たりはあるんだから。ほら見てみな」

おじさんは上を指さした。何枚もの短冊に当たったひとの名前が書いてある。

ペタは大きなちり紙の包みとガムを一枚もらった。

「次はおいらだ」

ピカイチは抽選器の取っ手をつかみながら、しばらく目を閉じた。それからおもむろに回し始めた。はじめは赤玉だったが、二回目に空色の玉が出た。

「やったあ。ええっと、これは?」

「おめでとう。三等賞だね」

「おっ、ピカイチすげえ」

鐘が鳴らされ、先ほど誰かが当てた手のひらサイズのクリスマスツリーが渡された。

「すごい。さっきほしいって言ってたやつじゃないか」

僕も興奮した。

「サンタさんにお祈りしたのがきいたね」

「えっ、あれはサンタさんに頼んでたのか?」

「ピカイチはなんでもサンタさんだなあ」

僕らが笑っていると、お姉さんが、「そうね。信じる者は救われる」と言った。

「……」

「キリストの教えよ」

「ふうん。信じる者は救われるのか」

ツリーで気をよくしたのか、そのあとは気が抜け、赤玉が四つ出ておしまい。ちり紙がふた包みとガム三枚だった。

最後は僕だ。チャンスは四回。でも、三回つづけて赤玉が出た。

「あと一回だ」

「のりまき、お祈りだよ」

「そうね、信じる者は、かもよ」

お姉さんが笑顔を向けた。ペタを見るとにやにやしている。どうやらペタは神様は信じていないようだ。僕も信じていいものかどうか全くわからない。なんだか怪しげでもある。でも、ピカイチの例があるので、一応祈ってみることにした。抽選器の取っ手をつかみ、頭を下げて目を閉じた。心のなかは真っ暗。なんの姿も浮かんでこない。仕方ないので、さっきピカイチが当てたクリスマスツリーを思い浮かべることにした。

(どうか、ツリーが当たりますように)

目を開けると、抽選器をゆっくり回した。小さな音をさせて出てきたのは黄色い玉だった。

「えっ、ツリーじゃないや」

ところが、おじさんがガランガランと鐘を派手に鳴らした。

「すごいね坊や。二等賞だよ」

「おお。すげえな、のりまき」

商店街
福

「二等賞？　おいらのよりももっと大きなツリーかも」

「ちょっと待っててね」

おじさんはそう言いながら、急ごしらえの小屋の裏に出た。表に回ってきた時には、手に小振りな樽を持っていた。

「これ、坊や持って帰れるかな？」

「これ何？」

「おみそ。お母さん喜ぶよ。親孝行だねえ」

「ええっ、みそ？」

がっかりした僕を見て、ペタが腹を抱えて笑っていた。僕はむっとしてにらんだ。ペタが片手を顔の前にかざして「わりい、わりい」と言ったが、それでもまだ笑っていた。

手に下げていけるようにと、丈夫なひもでゆわきあげ、持ち手をつけてくれたが、ときどき持つ手を替えないと重くて仕方なかった。このみそのほかにもちり紙の包みがあったのだから。


別れ際にピカイチが、「やっぱ願いは通じるんだね。のりまきだってそうだったもんね。ついてるんだよ。だから、きっと、おいらたちのクリスマスパーティーも楽しいものになるよ。早く来ないかな二十五日」とにこにこしていた。

「ついてるって、みそのどこがつきなんだ。なんだかわからないや」

恨みごとのようにぶつぶつぶやきながら、何度も持ち替えてようやく家に着いた。くたくただった。

玄関で母さんを呼んだ。

「今忙しいのよ。どうせちり紙でしょ。そこに置いといて」

「ちがうよ。二等賞」

僕が大きな声でそう言うと、母さんがエプロンで手を拭きながら出てきた。弟も後ろからついてきた。

「二等賞って、なあに?」

「これ。みそだって」

「まあ、すごい。これあなたが当てたの?」

「そうだよ。じゃなきゃ、こんな重い物持って帰らないさ」

「すごいじゃない、教昭。えらいわあ」

別にえらいとは思わないが、確かにおじさんの言うとおり、母さんは大喜びだった。

「あなたのお誕生日会、盛大にやってあげるわね」

これはちょっとうれしかった。苦労して運んだ甲斐があった。

ついてる、いけるぞ、と思っていたのはよかったのだけど、夕飯を終えた頃から、おなかが痛くなってきた。そして、夜中に吐いてしまった。涙でかすんだ目に胃液混じりの液体が見えた。母さんが心配してずっと背中をさすってくれた。もうそれ以上吐くことはなかったが、腹痛はずっとつづいたので眠りは浅かった。

朝になっても痛みは治まらなかった。

「食べた物が悪かったのかしら」

母さんが心配顔で言う。

「みんな同じ物を食べたんだから、それは違うだろ」

父さんだ。

「駄菓子屋さんで変な物買ったりしてるんじゃない？」

母さんの意見はもっともだ。でも、昨日に限って言えば、駄菓子屋には行っていない。となると、僕の体はどうなってしまったのだろう。余計心配になってきた。

食事もとらないまま、昼頃になったら、今度は寒気がしてきた。そのことを伝えると、母さんが僕の額に手を当てた。

「あら、熱いわね」

熱は八度五分もあった。僕は布団にくるまりながらも震えていた。おなかの痛みにくわえて発熱とはついてないな、と思った。あれ、ついてるはずじゃなかったっけ。でも、頭がぼんやりして深く考える気にはなれなかった。

熱冷ましを飲み、水枕を頻繁に取り替えてもらったが、熱はなかなか下がらなかった。

そして、明けて月曜日。熱はさらに上がり、薬が切れると九度台にまでなった。右の下っ腹が痛くてたまらない。学校はもちろん休み。母さんが重湯やすりおろしたリンゴを用意してくれたけど、たいして食べられない。ようやく食べても、また、吐いてしまった。

昼頃、あのおっかないお医者さんに行った。胃腸炎だとか言いながら、水道管ほどもある太い注射器を出してきた。ほら、やっぱり。だからいやだって言ったんだ。

ブドウ糖の注射らしい。先端の穴が見えるほど太い注射針を腕の静脈に刺した。そのあと、軽くピストンを引く。注射器のなかに血が逆流する。それを見て、お医者さんがうれしそうに「うんうん」とうなずく。どう見ても地獄の鬼だ。

それから、おもむろにピストンを押す。腕から肩にかけて冷たい物がしみこんでくる。気分が悪くなった。僕は堅く目をつむった。

緊張して疲れたので、家に帰るとぐっすり眠ってしまった。その間におきよが学校の手紙を持って寄ってくれたらしい。

いったんよくなったと思ったのはまちがいで、その次の日には熱が四十度台にまで上がってしまった。もう体は寒さを感じない。熱いのだ。だるさは痛みに変わっている。でも、体力が落ちているから、わめいたり、叫んだりする力も出てこなかった。起きているのか寝ているのか、自分でもよくわからないまま、時間だけがどんよりと過ぎていった。さすがに、これはまずいと思った。どうかなってしまうかもしれない。


今日もおきよが来た。ピカイチらしい声もする。玄関で母さんと話しているのがとぎれとぎれに聞こえてきた。しかし、途中で消えてしまった。眠ってしまったのだろう。

目の前にサンタクロースが現れた。なんだ具合の悪いうちにクリスマスになっちゃったんだ。でも、今年はうちにもサンタさんが来てくれた。やっぱついてる。プレゼントはなんだろう。

サンタさんが大きな袋をおろした。そして、僕に背中を向けながら袋のなかに手を突っ込んだ。少しして振り向いたサンタさんは、いつのまにか原爆じいさんに変わっていた。僕は心臓が止まりそうになった。

叫んだ。思い切り。じいさんは僕の目の前に大きな袋を引いてきた。さっと口を開くと、なかからオリーブグリーンの巨大なパイナップルのような物が現れた。

「あれ？　これ、どこかで見たことが」

「へっへえ、これがわしの家に埋もれとった原子爆弾よ」

はっと思い出した。学校の図書室の本で見たのと同じだ。

「どうするの、そんな物。危ないよ」

僕はじいさんに向かって真剣に声をかけた。じいさんは笑っていた。それも、僕の顔を通り越してずっと遠くに視線を向けながら。

「ねえ、お願いだから、危ないことはしないで」

僕は腕をつかんだ。しかし、じいさんはその手を振りほどくと、足下に落ちていた大きな木槌を取り上げ、原子爆弾めがけて振り下ろした。僕には止めるまもなかった。目の前で光が弾け、世界は真っ白になった。

午後の日差しが窓から降り注いでいる。ガラス越しに蒼い空も見えた。僕は自分の布団のなかにいた。

「……夢、…だったんだ」

静かな部屋にかすれた自分の声だけが響いた。パジャマが汗で重くなっていた。

夕方、父さんにおぶわれて隣町の大きな病院に行った。

待合室で長い時間をもうろうと過ごし、ようやく診察室に入った。僕はすぐにベッドに寝かされた。背の高いお医者さんがむき出しにされたおなかを押していく。少しずつ位置を変えながら。

「ここは痛いかな？　ここはどう？」などと訊いた。

ひと通りの診察を終えて、お医者さんが父さんに声をかけた。

「虫垂炎ですね。いわゆる盲腸です」

「はあ」

「薬でちらすこともできるんですが、手早く手術をしてしまった方がいいかもしれませんね」

（手術？　腹を切る？　ちょっと、そんなすごいことを簡単に決めちゃだめだよ）

僕は心のなかで叫んだ。でも、父さんが、「わかりました」と返事をしたので、早速その晩切られることになった。

いったいこの事態のどこが「ついてる」なんだ。ピカイチも福引きもみそ樽もみんな信じられなくなった。僕は怒っていた。でも、横になったまま病室に連れて行かれベッドに横にされると、すうっと寝てしまった。そう言えば、なんだか薬を飲まされ、たっ、け……。


手術はあっという間だった。というかよく覚えていないんだ。もうくたくただったから、どうにでもしてくれって感じかな。だから覚えているのは、やたら明るい天井の白い色と、カチャカチャと音を立てる手術器具のことだけ。そして、その間に僕の盲腸、詳しくは虫垂という物が切られたんだ。

暗い病室に戻り、十日間の入院だと看護婦さんに告げられた。十日間も！　その間に二学期が終わってしまう。それどころか、誕生日もクリスマスもせっかくのパーティーも。

強くつむった目尻から涙がひと筋流れた。

翌朝、白湯を持ってきてくれた看護婦さんが、「早くガスが出るといいんだけど」と言った。

「ガス？」

「おならよ。おならが出れば手術が無事すんだということになるの」

「じゃあ、もしも出なかったら？」

「そんなことはないと思うけど、それは大変なことよ」

　ふだんは頼みもしないのに勝手に出てくるおならが、そんなに大切なのだとは思わなかった。でも、食べていないので、そもそもトイレに行く気にならない。それでも、もしかしてと思い、しゃがんでみたら、傷口に力がかかり、ちぎられるような痛みが走った。僕はあわてて立ち上がった。これじゃあ、おならなんか出ないよ。手術のやり直しなんて言われたらどうしよう。悩みは次々生まれてくる。ほとほと疲れてきた。

　面会時間の開始と同時に母さんが来た。ちょうどそこに看護婦さんがやって来た。

「ガスさえ出れば、少しずつ食事もできるんですけどねえ」

「教昭、出ないの？」

「うん。出ない」

「なんとかがんばりなさい」

「だって、力むと切ったところが痛いし」

「困ったわねえ」

「ま、あわてなくても大丈夫ですよ。二日ほどのうちには出るはずですから」

看護婦さんにそう言われて母さんは少し落ち着いた。

傷口は痛み止めが効いているので、横になっているだけの生活はとても退屈だった。天井のボードにある細かな穴の数を数えてみたりしたけど、これはすぐに飽きた。壁に貼ってある油絵の模写は笛を吹く少年らしい。どこの国のひとなのだろう。見たこともない服を着ている。それだってて、ずっと眺めていられるほどの物ではなかった。

二階にあるこの部屋の窓は通りに面しているので、行き交うひとや車の音がにぎやかだ。その音からいろいろな光景を想像して過ごした。

午後の回診でお医者さんが傷口を診てくれた。

「いい感じだ。ところで、ガスはまだかな？」

「はい。まだです」

「出たら教えてね」

「出ないこともあるんですか？」

「なくはないけど、きみの場合は心配ないだろう」

どうしてそう言えるのかはわからなかったが、少し安心した。

それからまもなく、看護婦さんが傷口の消毒に来てくれた。そのあとで、おなか全体をていねいに拭いてくれた時だった。予告もなく出た。それも大きな音で。

「あら、出たわね」

「ごめんなさい。突然だったから」

僕はあわててあやまった。

「いいのよ。いいことなんだから」

きっと臭かったと思うけど、看護婦さんは笑顔を絶やさなかった。えらいひとだなあと思った。

夕方来た母さんに伝えると、とても喜んでいた。


ようやく食事が始まった。はじめは重湯と薄目のカルピスだった。

二日目からはおかゆやすりおろしたリンゴが出た。看護婦さんが近所の貸本屋で『少年ケニヤ』のマンガ本を借りてきてくれた。これでいくらか気がまぎれた。

手術のあとで縫った糸を抜くのがいやだったけど、それ以外は特に問題はなかった。体調は日々よくなるし、食欲も増してきた。おかゆが何日かつづき、その後軟らかめのご飯になった。

毎日来てくれる母さんに、いろいろと食べたい物を注文したが、お医者さんの許可は下りなかったようだ。

「みんなどうしてる?」

「みんなって?」

「学校のみんな」

「そりゃあ、元気に通ってるでしょ」

「じゃなくてさ、おきよとかペタとか」

「ああ、きよちゃんね。毎日寄ってくれるわよ。学校の手紙や宿題を持って」

「宿題？」

「大丈夫。先生も事情を知っているから。やれないままでもかまわないそうよ。よかったわね」

「……あのさあ」

「なあに」

「ぼくの誕生日だけど」

「今年はむりでしょ」

「ええっ、パーティーも？」

「だって、しょうがないじゃない。盲腸で入院しちゃったんだから。誰のせいでもないわ。運が悪かったのよ」

「おきよに退院の日は伝えた？」

「たしか知ってるはずよ」

「なんか言ってた？」

「どうだったかしら」

「……」

すごく悲しかった。でも、誕生日まであと一日。今もベッドに横たわっている身の上なのだから、あきらめなければならないのは承知している。みんなはどう思っているんだろう。楽しみにしていたのに、すごく悪い気がした。それとも、もしかしたら、誰かのうちで都合をつけてパーティーを開くのかもしれない。うらやましい気持ちと恨めしい気持ちが同時に湧き上がってきた。母さんが帰ったあと、枕元にあった『少年ケニヤ』を思い切り壁にたたきつけた。

十二月二十五日。時間の流れに置き去りにされたような入院生活の身にもこの日はやって来た。誕生日を病室で過ごすなんて、まったくついてない。

もうほとんど普通と変わりのない昼食をひとりでとっていると、母さんがやって来た。今日は弟も一緒だ。

「ああ、お兄ちゃん、もうご飯食べてるの。なになに、どんな物?」

「たいした物じゃないよ」

「へえ、でも、これおいしそう」

「食っていいぞ」

「わあい」

「これっ。お兄ちゃんのを取っちゃだめでしょ」

「いいよ。あんまり腹すかないから」

「だめよ、きちんと食べないと」

「食べてるよ」

「そうそう、きよちゃんがこれ渡してくれって」

「……おきよが」

真っ白い封筒がおきよらしくなかった。

「なんだろう」

中身は折りたたまれた画用紙だった。

「のりまき　本名　さかもとのりあき　どの
おたん生日、おめでとう。病院のベッドの上でのたん生日はつらいでしょうが、早く治してもどっておいで。みんな待ってるよ。

十二月二十五日

温人／明／光一／清美
サンタクロース／イエス・キリスト／トナカイ

のりまきな日々　二本目

その他おおぜい」

ところどころにピカイチの描いた絵がある。クリスマスツリー、ケーキ、サンタクロース。どれも上手だ。

僕がにんまりしていると、母さんが「なんて書いてあったの?」と聞くので、持っていた手紙を渡した。

「あら、おもしろいわね。サンタさんやイエス様まで連名だなんて」

こうして誕生日はあっさりと過ぎ、それから二日して退院した。

父さんが早引きして迎えに来てくれた。今日は歩いて帰るつもりだったが、長い間寝ていたせいで、立ち上がると体がふわふわしてしまう。少しずつ、ゆっくり歩くのが精一杯だった。

「今日なら、お兄ちゃんとかけっこしても勝てるぞ」

弟がはしゃいでいた。ぎゃふんと言わせてやりたいが、その通りだった。ときどき父さんにおぶさりながら、たっぷり時間をかけて家に戻った。

久しぶりに家族で食事をしテレビを観た。座椅子にもたれた僕を見て、母さんは涙ぐんでいた。

布団に入る。我が家にいるんだという実感がうれしかった。思い返してみると、なんだかあっという間なのが不思議だった。そして、やっぱり果物篭は来なかったな、と思い当たったら、とても残念な気持ちになった。

　翌日、目をさますと、母さんはもう掃除をしていた。

「随分早いね」と訊くと、「年末だからね」と言い、早く顔を洗いなさいと言われた。

　着替えてこたつに行き、座椅子に腰をおろす。弟がテレビを観ながら朝ご飯を食べていた。

「お兄ちゃんもご飯食べるの?」

「いや、いいよ。今はいらない」

　いつもなら家事がひと段落する時間なのに、母さんはなんだか忙しそうだった。やはり、年末なんだなと思った。

　十一時頃だった。庭を回っておきよがやって来た。

「よっ、のりまき」

「おきよ、久しぶりだなあ」

「もういいのか?」

「うん。もういい」

「よし。ならオッケーだ」

「………」

「また来る」

そう言って、さっさと帰ってしまった。なんだか訳がわからなかった。それに、パーティーがどうなったのかも訊きそびれた。相変わらずせっかちだなあ。

母さんが奥の部屋をすっかりきれいにした。誰かお客さんが来るのかなと思っていると、玄関が開けられ、「メリー・クリスマス」と大きな声がした。

「あれ、もしかしてペタじゃないか？」

僕はゆっくり座椅子から立ち上がり、玄関に向かった。

やはり、ペタだった。頭の両側に木の枝をくくりつけた変な格好をしている。そして「邪魔するぜ」と、渡世人みたいなせりふをはくと、ずかずかとなかに入ってきた。

「なんだよペタ、その格好は」

つづいて入ってきたのはサンタクロースだった。赤い帽子に白いひげ、それに赤い服を着て、大きな袋を担いでいた。

「いやあ、クリスマス、クリスマス」

「えっ、サンタ？　ピカイチだろ」

隣で見ていた弟がはしゃいだ。

次に入ってきたのは、大人のロングスカートに白いブラウスを着て、腰に幅広のベルトを締めたおきよだった。

「おきよ。おきよだよな？　ええっ、どうなってるの」

なんとおきよは頭にスカーフを巻きつけていた。

そして、最後は、カチューシャに緑色のモールをぐるぐる巻きしたものを額につけたノンさんだった。服の上から白いシーツを羽織り、腰を縄で結んでいた。

「なんのまねだよ、みんな」

呆然とする僕の質問には答えずに、みんな奥の部屋に行ってしまった。

（やべえ、また変な夢見てるのかも。もしかして、退院したことも夢か。まいったなあ）

僕はげんなりした。でも、その時あの傷口がうずいたので、（いや夢じゃないぞ）と思えたのだった。

（そうだ、母さんは？　こんな勝手なことをしたら、みんな母さんに怒られるぞ）

僕は急いで奥の部屋に入った。そして、驚いた。母さんもそこにいる。それもにこにこして。

「メリー・クリスマス。そして、ハッピー・バースデー、のりまき！」

並んだ四人の一番端にいるペタが宣言した。

「えっ？」

僕は意味がよく飲み込めなかった。

「わたくしはトナカイ、兼マネージャーです」

「その木の枝、トナカイの角だったのか」

「そう。似たようなもの捜すのに苦労したんだぜ。色も塗ったし」

そう言われれば、たしかに茶色く塗られている。でも、どこも似ていない。

「はじめに、聖母マリア様からお祝いのことばです」

おきよが真っ赤な顔をして一歩前に出た。劇はおきよの大の苦手だ。沈黙がつづいた。ペタが脇腹をつついた。

「退院、おめでとう。よかったな」

「どこが聖母だよ」

ペタに突っ込まれても、返す余裕がなかった。

「ではつづいて、イエス・キリスト様からひとこと」

神妙な顔をしてノンさんが口を開いた。

「イエス・アイ・ドゥ」

「ええっ、それだけ」とピカイチ。

「神様はありがたいものです」

ペタが引き取った。母さんも弟も大受けして笑っている。ノンさんも苦笑いしている。どうやら筋書きはペタなのだろう。

「最後は、お待ちかね、サンタさんからプレゼントがあります。はい、のりまき、前に出て」

僕はことばを探したが何も出てこない。それよりもなんだか目の奥の方が生暖かくなってきた。

「三日遅れちゃったので、今日は残業です」

ピカイチのせりふに、またもや母さんが大笑いした。

「はじめは、これ」

ピカイチが袋から出したのは鉛筆半ダース。

「えっ、ユニじゃないか」

「そうだよ。これはマンガ描くのにとってもいいんだよ」

「そうだよな。知ってる。でも、高いんだ……」

「はい、お次は、手に持てないぐらいの大量の駄菓子」

「すご〜い」

弟の方が感動している。

「よくこれだけ……」

僕の顔を見て、みんなにやにやしている。

「つづいては、プラモ」

「鉄人だ。ほしかったやつだ」

「そうだろ。おいらの勘、さえてるな。いよいよ最後は、ジャーン、果物篭」

小振りな篭に果物がいっぱい。

「これ、ペタだろ？　いいのか、こんな高いものを」

「いやあ、高くはないんだ。おれがつくったから」

「……」

よく見ると、この前店で見たのとは全然違っていた。ふつうのリンゴにふつうのミカン、みつ豆の缶詰はまだいいが、なぜかタマネギが入っていた。

「さすがにマスクメロンは手が出ないんで、カップのメロンシャーベットで許してくれ」

僕はあらためて四人を見た。不細工な角、小太りサンタ、奇妙に女っぽいおきよ、そして、坊さんからイエス様に変身したノンさん。こみ上げてきた。とてつもない笑いが。僕は思いきり笑った。腹を抱えて。みんなも笑ったが、あまりに激しい僕の笑いに、みんなはそのうち黙ってしまった。

「……のりまき」

ピカイチが不安そうに顔を寄せてきた。

僕は涙を流して笑った。でも、本当は泣いていたんだ。しまいにはおいおい泣いてしまった。そして、泣きながら、「ありがとう。みんな、ありがとう」と、情けない声で精一杯言った。

弟は目を丸くしていたけど、母さんはそっと涙を拭いていた。

少し落ち着いてから、母さんが赤飯やケーキ、お菓子や飲み物を持ってきてくれた。あらためてコーラで乾杯した。

やはり、シナリオはペタだった。おきよの服やノンさんのカチューシャはペタの姉さんからの借り物だった。

「でも、サンタさんの服はペタんちにはないだろ」

「実は、おいらんちに来ていたサンタさん、うちの父ちゃんだったんだ」

今年のイブの晩、たまたまピカイチが目をさましてしまったところにサンタさんがやって来た。いつもなら、そのまま寝たふりをするのだが、思わず話しかけたらしい。

「煙突ないけど、どこから来たの？」

すると、サンタさんもうっかり答えてしまったと言う。「玄関」と。その声で、「あれえ、父ちゃんだ」と、ばれてしまったのだとか。

凝り性の父親だから、こうしてサンタさんの衣装をしっかりひと揃え持っていたのだそうだ。

「でも、お願いしてあったサンダーバード5号はもらえたよ」

「ちゃっかりしてるな」

ペタが言った。

最後にみんなで写真を撮り、パーティーは終わった。

みんなが帰ったあと、流しで洗い物をしている母さんに訊いた。

「母さんもぐるだったんだね」

「あら、ひと聞きが悪いわね」

「ごめん。知ってたんでしょ？」

「ええ、知ってたわ。この前きよちゃんが手紙を持ってきたあとで、四人でうちに来たの。そして、明日の誕生日会はだめになったけど、どうしてもお祝いさせてほしいって言われて、今日こっそりやることにしたのよ。でも、仮装までしてくるなんて少しも知らなかったわ。おもしろかったわねえ」

「入院している間、元気なみんなのことがうらやましかった。恨んだこともある。でも、それって、まちがいだったんだね」

「そうね」

「本当はみんなにあやまらなければいけなかったんだ」

「そうかしら。あなたなりにわかったんだから、それでいいんじゃない？」

「でも……」

母さんがエプロンで手を拭きながら、僕の方を向いた
「今度誰かがつらい目にあったり、病気になった時に、できることをしてあげればいいのよ。母さんはそう思うわ」

「そうか。そうかもしれないね」

「ところで、きよちゃん、かわいかったわ。やっぱり女の子ね。あんな格好すると、びっくりするほどね」

僕は思わずおきよの姿を思い出した。なぜか頬がほてった。

部屋の片づけが終わり、いつもの座椅子に腰を下ろしたら傷口が痛んだ。おそるおそるのぞいてみると、せっかく縫ったところが何ミリか開いて血がにじんでいた。

(やべえ。ちょっと笑いすぎたな)

僕は顔をしかめた。

狼少年ケンタ

僕らの町のはずれに大学がある。広大な敷地といくつもの建物は魅力的な遊び場だ。

「ここなら、なんとかなりそうだね」

ピカイチが手にした凧を掲げながら言った。

「どうせなら、やっぱり思い切り高く揚げないとつまらないからな」

ノンさんだ。


僕らは堂々と正門から入った。大学というのはほんとに自由なところらしく、誰がどこで何をしていてもかまわないようだ。僕ら子どもがどこに行こうが、誰も何も言わない。まずほとんど見ていないのだ。たとえ明らかに見られたなと思うことがあっても、何も言われない。まるで透明人間になったような気分だった。

あちらこちらに大きなベニヤの看板が立てかけてあり、ペンキで書かれた角張った文字がびっしり並んでいる。詳しい意味はわからないけど、あまり友好的ではない気がした。むしろ、怒りを発散しているのが、なんとなくわかる。看板だけでなく、汚らしいビラやポスターも貼り放題。ゴミもたくさん落ちているし、ベンチや芝生、通路にはたくさんの学生がたむろしていた。身なりのいいひとはほとんどいなかった。

　建物のなかはだいたいが講義室だったが、食堂や売店もあった。また、サークルというものの部屋が並んでいる建物もあった。そこには、いたるところに汚れたユニフォームやボール、胴着、埃だらけの段ボール箱などが山積みされていた。どこも汚らしく、嗅いだことのない臭いに満ちていた。

　そんななかに屋上からの眺めがひときわすごい建物があった。この大学で最も高い建物だ。薄暗い階段を登る。足音が反響する。重たい鉄の扉を開いた瞬間まぶしい光が注ぎ込み、広い空の下に飛び出す。遠くに山々が並んでいる。もちろん真っ白な富士山も。

「やっぱ、ここは風がいいなあ」

　ペタが真っ青な空を見上げながら言う。

「よし、誰の凧が一番高く揚がるか競争だぜ」

　おきよは闘志満々だ。その姿を少しはなれたところでうかがいながらケンタが、「相変わらず、強気だな」と小声で言った。

「余計なことしゃべると、またやられちゃうよ」

　隣にいたせいちゃんがやんわりクギを刺した。

みんなで凧を持って「はたけ」に集まったのだが、あまり風がなかった。そこで、大学の屋上に行けば高く揚げられるだろう、ということになったのだ。

今日は僕ら五人の他にせいちゃんも来ることになっていた。ところが、せいちゃんは同じ三組のケンタとひとつ年下のキントンを連れてきた。まじめなせいちゃんらしく、ケンタたちをはたけの外に待たせておいて、まずひとりで僕らのところに来た。そして、約束もなしにふたりを連れてきたことを話し、一緒に入れてくれないかと頼んだ。

「別にかまわないよな」

ペタがみんなを見回しながら言い、最後にノンさんに顔を向けた。ノンさんは黙ってうなずいた。

「わるいな」

せいちゃんが事情を簡単に話した。ケンタはアキオと諍いを起こし、アキオたちから見放されたらしいのだ。でも、ちょっとかわいそうなので、せいちゃんだけはときどき遊んでいるという。アキオはせいちゃんには文句を言わないらしい。人柄なのだろうな、と思う。

広い屋上を好きに使って、僕らは糸を伸ばしていった。実にいい風だ。みるみる凧は小さくなっていく。

「ありゃ、もう糸がいっぱいだ。予備を持ってくればよかったな」

「ノンさん。そいつぁ準備不足だな」とペタ。

「糸が張りつめてうなりだしたよ」

ピカイチが言うと、せいちゃんが、「おれも」と答えた。

「おっと、おれも糸が終わった。くそう、まだまだいけるのにな」

僕が言うと、となりにいたケンタが「おれはまだいけるぞ」と鼻をひくひくさせた。

「ケンタ、やるじゃん」

そう言うキントンは凧を持ってきていなかった。

少しはなれたところのおきよの凧は、もうミニチュアほどにしか見えなかった。それにつづいているのがペタだ。

ノンさんと僕は、糸を屋上の手すりにゆわきつけた。


まもなくピカイチもせいちゃんも糸が伸びきった。ペタ、おきよ、ケンタはまだ糸に余裕がある。しかし、ここまでくると、ただ伸ばせばいいという訳にはいかない。途中で少し戻しながら、指先に風を感じなければならない。慣れてくると、糸の引き具合を通して上空の風を知ることができるものだ。

突然ペタの奴凧が大きくかしいだ。

「おっ、やべえ」

ペタはいったん糸を引くことにした。しかし、強い力がかかっているのか、思うように戻らない。奴凧が思い切り反り返っている。

「ペタ、糸を出せよ」

僕が声をかけた直後だった。空遠くで糸が切れた。凧はあっという間に吹き飛ばされた。そして、ぐるぐるときりもみ状態になると、ずっと向こうの畑に落ちていった。

「しまったあ。切れちまったぜ」

「あ〜あ、惜しいなあ」とピカイチ。

「お年玉で買ったんだぜ」

「よしっ、ひとり脱落な」

そう言ったのはケンタだった。おきよがにらんだ。でも、ケンタは気づかなかった。

やがておきよの糸も伸びきった。あとはケンタだが、差はあまりに大きい。

「どうやら、チャンピオンはおきよだね」

ピカイチが言いかけた時だった。おきよの手元から伸びる糸が、急に力を失ってなよなよとしなだれ落ちた。はっとして空を見る。小さかった凧がさらに小さくなっていた。そして、どこへともなく消えていった。

「おれのも切れちまった」

「すげえぞ。ケンタが逆転優勝だ」

イガグリ頭のキントンがケンタの肩をたたいて喜んでいた。

屋上をあとにし、建物から出る。芝生の広場で水を飲んで休んだ。

「おもしろかったな」

ケンタはうれしそうだった。ペタやおきよは、「おもしろかったけど、凧がなくなっちまったからな」と不満だった。

「そうだ。明日、自転車レースしに行かないか？」

突然ケンタが言い放った。

「学校の坂か？」とノンさん。

「それは肝試しだろ？　そうじゃなくて、本当のコースを走るんだ」

「コースなんかあったっけ？」

僕が訊くと、ケンタが鼻をひくつかせた。

「それがあるんだな。日曜日限定で」

翌日、僕らは自転車を連ねて走っていた。隣町桐ヶ丘を過ぎると商店や住宅が減り、かわりに畑や草地が目立つようになる。そこを冬の風に吹かれながら行くと、まもなく広い竹林の先に大きなガスタンクが見えてきた。ふたつ並んだ緑色の巨大な球体。

「あ〜あ、盲腸やったっていうのに、マスクメロン食べ損ねたなあ」

ガスタンクを見上げながら僕がつぶやくと、「これ見てそんなこと考えるのは、のりまきぐらいだぜ」とおきよが笑った。

道路がゆるく曲がった。先頭を走るケンタが、「ほら、ここだ」と指し示したのは、自動車教習所だった。

「ほんとに誰もいないのか？」

ノンさんが訊いた。

「ああ、誰もいない」

ケンタが胸を張った。

確かにひとの気配はない。幅の広い正門は一応閉じられてはいるが、手を添えて引くと、ごろごろと音を立てて、門はレールの上をすべっていった。なかはまるでサーキット場のようだ。

「ここを走るのか？」

ペタの顔が輝いている。

「いくらでも走れるぜ」

ケンタは満面の笑み。そして、「キントン、一周してみろよ」とえらそうに命令した。

キントンが自転車を小判型のコースに向けた。時計と反対向きに回り始める。ぐいぐい加速し、コーナーでは自転車を見事に傾けた。向こう正面でさらに加速すると、最後はコーナーをはずれて僕らのところにまっすぐに戻った。

「おおっ、すげえ」

「かっこいい」

つい声が出る。

「ほら、誰も出てこないし、何も問題ないだろ。走り放題なんだよ、日曜日は」

確かにそうらしい。僕らは安心し、思い思いに自転車を走らせた。小判型の周回コースの内側には、大きな交差点や、本物そっくりの踏切があった。自動車の走らない教習所は、自転車にとっては天国だ。みんな自由に走り回っていた。

「もうだいぶ慣れたろ。そろそろレースやろうぜ」

コースのまんなか付近に大きなエノキの木がある。その周りは芝生で、その一角の日だまりに僕らは集まった。

「まず、ルートを決めよう」

ケンタだ。

「いつものでいいんじゃない？」

せいちゃんが言うと、

「せっかくなんだから、おれたちの新ルートを開拓しようぜ」

とケンタは張り切っている。

「あれ、せいちゃんも来たことあるんだ？」

ペタが訊いたが、ケンタがすぐに、「まあ、それはあと回し。早く決めようぜ」と話をむりに戻した。せいちゃんの顔が浮かばない。


周回コースを陸上競技のトラックに見立てて、直線の中央あたりをスタート地点とした。走り出して半周行くと、直角に折れて内側に入る。内側には広い道が二本、十文字に走っているので、その交差点で右に曲がる。そのまま行くと、再び周回コースに出るので、逆回りに四分の一周戻り、小さなクランクを抜ける。いったん広い道に出てそこを横切ると、今度はS字のスラローム。最後はゆるい坂を登って踏切を越え、下った勢いで周回コースに戻り、スタート地点まで一気に走ってゴールだ。

「どうだい、これで」

自信たっぷりに披露したケンタについて、実際にみんな自転車で回ってみた。ひと回りしてからは、それぞれに走った。おきよやノンさんは風のようだった。


レースはトーナメント。ふたりずつで予選を行い、勝ったどうしで準決勝、決勝だ。ケンタはポケットから蝋石を取り出した。それで芝生脇の路面にトーナメントの線を書いた。

「用意がいいなあ」

僕が言うと、「まあな」と笑い、コース脇から細長い草を抜いてきた。四本の草を束ねてまんなかで折り、その折った部分を握った。

「組合わせを決める。さ、好きなところをつかんで。まだ引っ張るなよ」

ケンタ以外の七人が葉の先をつまんだ。

「誰もつかんでいないところはおれだからな」

そう言ってケンタは握っていた手を開いた。緑の葉がつんと引かれた。一本の葉をつまんでいるどうしが対戦することになるのだ。

「よし、葉っぱが長い順に組んでいくぞ」

ケンタが持っていた蝋石で、トーナメント表に名前を書いた。

ペ　タ　―　ピカイチ
おきよ　―　キントン
ノンさん　―　せいちゃん
のりまき　―　ケ ン タ

「ああ、もうだめだ」

ピカイチがうめく。おきよはキントンをにらみつけた。キントンは思わずひるんだ。

「よし、予選ひと組目」

ケンタが蝋石でスタートラインを描いた。外側がやや手前になるように曲線になっている。

「本格的じゃないか」

ノンさんがほめた。

「まあね。慣れてるから」

ケンタはまたも胸を張った。

ペタとピカイチが位置についた。インコース、アウトコースの選択はジャンケンだ。ピカイチがインコースになった。

「よし、一気に前に出るぞ」

ピカイチが体を前に傾けた。スターター役のキントンが汚いハンカチを出した。それがフラッグらしい。

「ようい、スタート！」

ペタが加速して前に割り込もうとした。が、持ちこたえたピカイチはそのままコーナーに入った。有利だ。勢いに乗って半周して内側に。交差点を曲がり長い直線。ここでペタが並びかけた。再び周回コースに出る。ところが、ピカイチがうっかり反対側に曲がってしまった。夢中で走っていたが、「ピカイチ、逆だよ」というみんなの叫び声を聞きつけてようやく自転車を止めた。

それから急いで戻ったが、すでにクランクを終えていたペタが悠々とゴールした。

「ああ、まちがえた。悔しい」

ピカイチが情けない顔でゴールした。

「スタートがよかっただけに、惜しかったな」

おきよが励ました。

「おれもちょっとあわてたよ。だってピカイチ気合い入ってたからな」

ペタが肩に手をやって健闘をたたえた。

「あんなにコースの確認をしたじゃないか」

ケンタが小ばかにしたが、「夢中になると、わかんなくなることあるよな。仕方ないさ」とノンさんがかばった。ケンタはそっぽを向いた。


つづいてふた組目だ。インコースがキントン、アウトコースがおきよだ。ケンタがハンカチを振り下ろした。いきなりおきよが猛ダッシュ。キントンが目をむいた。コーナーにもかかわらず、おきよが前に出て行く。でも、このままでは直角に曲がれない。あと少し前に出ようとおきよが加速を試みた時、キントンが自転車を少し外側に振った。

（ぶつかるっ！）

おきよは一瞬ペダルをこぐ足を止めた。そのすきにキントンはおきよに並び、最初の直角カーブを有利に曲がった。でも、次はおきよがインで曲がる番だ。負けず嫌いのおきよは短い距離でも加速し、次の角では自転車をきれいに倒して長い直線に入った。今度はキントンがスピードをあげた。そして、むりやりおきよの前に自転車を割り込ませた。

「くそっ」

おきよがうなった。しかし、そのままクランクに入ったキントンは、つづくスラロームもトップで抜けた。踏切の坂を登る。道が狭いからおきよは自転車を並べることができない。踏切を降りれば、あとは周回コースを四分の三走るだけ。キントンが小さく曲がってコースに出た。ところが、おきよは踏切の坂の勢いをそのまま活かして大きくふくらんだ。そして、幅広い周回コースのなか程で大きく曲がった。曲がる時のスピードは全く落ちていない。いや、下りで加速した分、速くなっているようだ。しかも、その後も内側には寄せずになか程を走っている。

向こう正面を二台の自転車が疾走する。おきよがじわじわ追いついていく。コーナーが近づき、キントンが内側一杯に自転車を寄せた。おきよはそのまま内側からは距離を置いてコーナーに入った。これは不利だ。にもかかわらず、まもなく二台の自転車は並んだ。

「さすがだなあ」とつぶやきかけた瞬間、おきよが何か叫んだ。握りつぶす、とか言っている。キントンの顔が引きつった。そのすきにおきよはついにキントンを抜いた。我に返ったキントンも加速したが、距離が足りない。わずかな差でおきよが勝った。

「おきよ、なんか叫んだろ」

と僕が訊いても、にやにや笑っているだけだった。あとで聞いたのだが、反則すれすれのことをしたキントンを脅したらしい。ま、自業自得なんだけど、相手を選んでやらないとね。

せいちゃんはケンタが渋い表情をしているのをじっと見つめていた。

三組目はノンさんとせいちゃん。インコースにもかかわらず、せいちゃんは最初から抜かれた。でも、中盤で挽回し、クランク、スラロームと有利に進めた。ところが、踏切の手前で巧みな位置取りをしたノンさんが、周回コースに出る手前で逆転、立ちこぎの猛スピードで勝った。

予選最後は僕とケンタだ。

「あいつ、なんかやらかすかも」

おきよが僕に耳打ちした。

「わかった。気をつけるよ」

僕は自転車をスタート位置に移動した。たかが遊びなのに、のどが渇いて、ちょっと吐きそうになった。あまり力むと盲腸の手術跡が開くかもしれない、なんて考えたが、これって弱気になっている証拠だな。

「おりゃあっ！」

訳のわからない叫びを発して、僕は気合いを入れた。

「大丈夫か、おまえ」

ノンさんが心配している。大丈夫かどうかなんてわからない。物事はみんな、次の瞬間が来るまでわからないんだから。入院したことで、ちょっとは賢くなった気がする。

気合いを入れてジャンケンだ。見事に負けてアウトコース。

スタートした。ケンタは速い。すぐに自転車一台分の差がついた。直角カーブもすんなりこなす。やはり場数が違うのだろう。

(あ~あ、相手がケンタじゃきついな)

早速弱気になった。次のコーナーは僕がインになるのだが、ケンタはここで自転車を角ぎりぎりに寄せてきた。僕は減速を強いられた。

「くそっ、ずるいぞ」

「ずるかねえよ。テクニックだぜ」

次のコーナーも同じ手でやられた。このままじゃ一回もトップに立てないまま完敗だ。

クランクに入った。ここで思わぬことが起こった。スピードが出過ぎていたのだろう。ケンタの自転車が縁石に当たり、大きくふらついたのだ。狭い道なので抜けないと思っていたが、思わぬ隙間ができた。ケンタが体勢を立て直す間に僕は前に出た。しかし、いきなりセーターの裾が引っ張られた。

「おい、反則だぞ」

「いやあ、わりい。手が引っかかっちまった」

P

ケンタがにやついている。僕はもう一度加速して次のスラロームに入った。さらに振り返りもせずに踏切に入り、周回コースに出た。でも、ケンタの自転車の加速の方が勝るので、じわじわ追いつかれた。肩が並んだ時、「がんばれよ」と、ケンタが僕の肩に手を当てた。そして、はなすふりをしてぐいっと押したのだ。僕は危うく転倒しかけた。もう少し前輪が内側を向いたら、きっと縁石をこすって自転車ごと倒れていただろう。

「このやろう」

僕はうなった。もしかしたら手術跡の傷口が開いたかもしれない。そのすきにケンタは前に出てゴールした。

「ケンタ、おまえ反則だぞ。おれのこと押したろ」

「押したりしてねえよ。励ましただけだろ」

「うそつけ。転びそうになったんだぞ」

「のりまきの健闘をたたえただけだよ」

「おまえが余計なことしなけりゃ、ふらつかなかったんだ」

「あれはのりまきの技術不足だろ?」

「なにいっ」

ノンさんが興奮した僕をおさえた。

「そんなに言うなら、もう一回やろうぜ」

ケンタが不敵に笑った。

「よし、やろうぜ」と言おうとしたら、右の下っ腹がちくりと痛んだ。やっぱり裂けかけているみたいだ。「いや、いい。傷口が痛むからやめとく」

僕はうつむいて唇をかんだ。

「とにかく、これからは手を出したり、手をかけるのはやめようぜ」

ノンさんが取りなした。

予選が終わった。準決勝は、

ペ　タ　―　おきよ

ノンさん　―　ケンタ

となった。

ひと休みしたあと、僕らは再びスタートライン付近に集まった。ペタとおきよが位置についた。おきよがインコースだ。スタートした。予想通り、おきよがリードしている。ペタも必死に加速するが、おきよの自転車が邪魔になり、なかなか前に出られない。なんと、そのままレースは半分ほど進んだ。再び周回コースに戻った。クランクに入り、ここもうまくこなしたおきよは、余裕でスラロームにさしかかった。しかし、その時、おきよはほんの一瞬先の方に目を向けてしまった。そのために、スラロームの入り口でタイヤが縁石にふれた。ふれたのはわずかだったが、スピードが出ていたので自転車がつんのめった。おきよは飛ばされた。コースとコースの間の芝生を二回転した。ブレーキの音が響き、ペタが自転車を飛び降りて駆け寄った。

「大丈夫か?」

「くそう、まいったなあ」

「棄権しろ」

「誰が!」

ペタが唖然としている間に、おきよは立ち上がり、自転車に向かって走り出した。

「あっ、こいつ」

ペタも急いで自転車を起こした。おきよがトップで踏切も越えた。残りは周回コースだ。もう勝ちは決まったようなものだった。ところが、向こう正面でおきよが足を止めた。みるみるスピードが落ちていく。その間にペタが抜き去り、勝負がついた。

「おきよっ、なんで手ぇ抜くんだよ」

先にゴールしたペタが怒ってる。

「手ぇ抜いたんじゃねえ」

「じゃあ、どうした?」

「膝が曲がらなくなった」

　みんなが驚いて近づいてきた。膝の外側が赤くなっていた。

「石にぶつかったみたいだ」

　二回転した最後に縁石にでもぶつけたのだろう。

「腫れてるみたいだな」

　ノンさんが顔を近づけた。

「よしっ、この勝負、ペタの勝ち」

　ケンタが宣言した。ペタは笑いもせずに、「おれの勝ちでいいんだな」と、おきよに訊いた。

「当たり前だ。おれはミスしたんだから、どう見ても負けだ」


　僕とおきよは負傷者ということで、日当たりのいい芝生に腰を下ろして見学になった。

「おきよ、骨、大丈夫か？　折れてたら大変だぞ」

「だよな。でも、こうしてさわってもそれほど痛くねえから、たぶん大丈夫だろう」

　膝小僧をぐりぐり動かしながら、おきよが笑った。そう、きっと大丈夫なのだろう。

「それより、のりまきの傷口は？」

「うん。さっきちょっとのぞいてみたけど、ひどいことにはなってないと思うよ」

「おれが見てやろうか」

おきよがズボンに手をかけた。

「い、いいよ。何するんだよ」

「傷口だけだよ」

「当たり前だろ」

「まあ、いいから気にするな」

「気にするよ」とは言いつつも、逃げようのないおきよの目線に負けて、仕方なく僕はホックをはずし、ファスナーを半分だけ下げた。そして、ジーンズとパンツを一緒にずり下ろした。

なんか変な構図だ。少しはなれたところにいるピカイチが、「のりまき、何してるの？」と訊いた。おきよが、「傷口を確かめてるんだ。開いてたらやばいからな」と答えた。

「ふうん。そうか。それはよかった」

何がよかったなんだ。のんきなやつだなと思った。

白い腹がむき出しになった。そこに大きなひっかき傷のような縫い目がある。

「へえ、これが手術の跡か。初めて見たなあ。もっと長いのかと思ったけど、案外ちっぽけじゃねえか」

おきよが感心している。

「そんなに腹一杯切られたらたまらないよ」

日が当たってはいるが、空気は冷たい。

「おい、感心してないで、早く確かめてくれよ。腹が冷えて下痢しちゃうよ」

「おっと、わりい」

顔を近づけたおきよが、傷口の周りに指を触れた。

「くすぐってえ」

「動くな」

「だって、こそばゆい」

「そこを我慢するんだ」

しばらくして、「血も、水みたいなものも何も出てねえ。大丈夫だろ」と言った。目が真剣だった。

「よかった。……おきよ、案外こういう仕事向いてるんじゃない？　看護婦さんとか」

「そうか？　どうせなら切る方がいいな」

「医者かよ」

「まあな」

「始まるぞ～」

ペタの声だ。僕はズボンをあげてファスナーを閉めた。

準決勝もうひと組。インコースはノンさん、アウトコースがケンタだ。キントンが妙な目つきでケンタを見た。ケンタがかすかにうなずいたようだった。

「ようい」

ノンさんが自転車を動かしかけた。しかし、タイミングが合わない。あわてて止めた時だった。

「スタート」

汚いハンカチが振り下ろされた。ノンさんは完全に出遅れた。ケンタはすぐにインコースに入った。ノンさんも追うが、追いつけない。独走に近かった。

「やべえ、ノンさん挽回できるか？」

周回コース逆回りの地点で少し追いつきかけたが、そのあとのクランクでまたはなされてしまった。ようやく踏切で少し追いつき、最後の周回コースに入ると、とたんにノンさんの顔が赤らんだ。ぐいぐいスピードを上げていく。この力はなんだろう。

自転車が並びかけた時だった。ケンタが細かな蛇行を始めた。ノンさんは接触を避けるために外にふくらんだ。ちょうどコーナーの入り口だったから、これでぐんと差が開いてしまった。ついに、一度もリードできないままノンさんはケンタに敗れた。

「ケンタ、反則だぞ」

僕が叫んだ。傷口が大丈夫とわかったので、思い切り大きな声を出した。

「おお、ごめんごめん。スピード出しすぎてハンドルがぶれちまったんだ」

「でも、あれがなければ、ノンさんが逆転してたかも」

ピカイチが惜しいという顔をした。

「仕方ない。負けは負け」

ノンさんはさばさばしていた。キントンがケンタの肩をたたいた。ケンタがにっと笑った。


いよいよ決勝だ。ケンタの提案で同じコースを二周することになった。キントンがハンカチを持ってスタートラインの脇に立った。

「おれもハンカチ振りてえな」

僕が言うと、キントンはためらったが、ケンタは「いいぜ」と言った。キントンが渡そうとした汚いハンカチを断り、僕はポケットから、少しだけ汚いハンカチを出した。

「ようい、スタート」

僕の声に合わせて、ふたり同時にきれいなスタートを切った。インコースのケンタが有利だが、二台ともぴったり並んでいた。最初の角まではそのまま進み、内側の直線ではケンタが先行した。周回コース逆走のところでペタが前に出て、クランク、スラローム、踏切と先行した。二周なので周回コースをまるまる一周以上走る。ケンタがじわじわ追いつき、やがて並んだ。スタートとほぼ同じ状態で二周目に入った。ただし、インコースがペタだった。ここでケンタが前に出た。直角に曲がるところで前方にケンタの自転車があるため、ペタはブレーキをかけなければならなかった。ペタの遅れを活かしてケンタがぐんと前に出た。その差は縮まらないまま、最後の周回コースになった。

「もう決まったな」

ノンさんがつぶやいた。

「ペタ、がんばれ～」

ピカイチが声を上げた。

いよいよあと半周。ところが、ケンタのスピードが不思議なほど落ちてきた。普通にこいでいるのにもかかわらず明らかに減速している。すぐにペタが追いついてきた。コーナー手前で並び、曲がりながらケンタを追い越した。ハンドル分の差でペタが勝った。父さんの好きな競馬で言うと首の差かな。

「やったあ」

ピカイチが無邪気に喜んでいる。キントンが、「惜しい」と寄ってきた。

「……ケンタ」

ペタが言いかけた時、「やっぱ、ペタはすげえや。負けたよ」とケンタが握手を求めた。ペタは出かかったことばを飲み込んで握手に応じた。

ペタとせいちゃんは家が近所だ。ふたりが同じ方向に曲がった時、「おれもこっちから行こう」とケンタがついて行った。もちろんキントンも一緒だ。なんだか妙になれなれしいな、と思いつも、僕はおきよと家に向かった。

「せいちゃんから聞いたんだけど、『本部』つくったんだって？」

細い路地に入ったところでケンタがペタに顔を向けた。

「ああ」

「おれにも見せてくれよ」

「別にかまわないぜ」

ペタは自転車を止めて庭に入った。

「せいちゃんも寄ってけよ」

ずっと浮かない表情をしていたのが気になり、ペタが声をかけた。針金の鍵を開ける。粗末な扉を手前に開き、先に入ったペタが懐中電灯をつけた。まだ日があるので、なかはあかりなしでも十分だった。

「へええ、手づくりなんだ」

キントンがあたりをくるくる見回した。

「いいなあ。ちょっとした秘密基地だよな」

ケンタが鼻をひくひくさせた。

帰りがけに、「明日も来ていいかな？」とケンタが訊いた。

「いいぜ。来いよ」

翌日、ケンタとキントンが本部にやって来た。

「これ寄付するぜ」

手にしていたのは、「ぼくら」「冒険王」など五冊の漫画雑誌。

「おっ、これはすげえ」

「昨日そこに『サンデー』や『マガジン』があるのを見たから、きっと気に入ると思ってな」

「もらっちまっていいのか?」

「もちろん」

「わるいな。じゃあ、これはお礼だ」

ペタは餅を焼き始めた。ケンタもキントンも火鉢があることに驚いた。

「ペタって天才だね」

キントンがセーターの袖口で洟をふきながら言った。

「ほめすぎだろ」

でも、ペタはうれしそうだった。

「自転車レース、またやろうぜ」

餅をほおばったケンタだ。

「レースっていえば、ケンタ、最後でスピード落としたろ」

「そんなことねえよ」

「いや、そうだ。なんでそんなことしたんだよ」

「さすがはペタ。ばれちまったか。実はふくらはぎがつっちまったんだ。いや、たいしたことはなかったんだけどね。やっぱ二周ってのがきつかったな」

「それに、準決勝が終わったばかりだったからね」

キントンがつけくわえた。

ペタがじっとふたりを見つめた。

「ほんとだよ」

「そうか。わかった」

ケンタがほっと肩をおろした。

「そう言えば、ノンさんが言ってたな。おれに負けたあとで、相手がペタなら勝てたって」

「えっ、ノンさんが？」

「ああ」

「おれも聞いた」とキントン。

「それって言い過ぎじゃねえか。両方と戦ったおれだからわかるんだ、実際はまったく逆だぜ。ノンさんはちょろかったけど、ペタはやっぱあなどれねえよ」

そう言ってケンタは「へへへ」と笑った。

「さすが、レーサー志望だよ」

キントンのひとことに、「なんで知ってるんだ?」とペタが驚いた。

「ピカイチから聞いたんだ。ペタの将来の夢」とケンタ。

「なんだ、そうだったのか」

「夢に向かってまっしぐらか。いいよなあ」

「よせよ。ちょっと自転車で走ったぐらいで」

「そんなことはないぜ。才能っていうのはにじみ出るもんなんだってさ。おやじが言ってた」

ペタがめずらしく照れた。

「もっと餅食えよ」


何日かのちに、ツリーハウスで遊ぶ約束になった。どんより曇った寒い日だった。はたけの枯れた草が北風になぶられている。狐色の波のようだった。

僕とおきよが着くと、すでにペタ、ケンタ、キントンが来ていた。集めた板材を一生懸命打ちつけている。

「オッス」

口に手をかざして声をかけた。

「おお、来たか」

ペタだ。でも、いつもの「チース」がなかった。僕はおきよの顔を見た。おきよは眉根にしわを寄せていた。

「風上に壁をつくってるんだ。少しでも寒さよけになれば、と思ってな」

そう答えたのはペタだった。

僕らが登ろうとすると、「今取り込み中だから、もうちょっと待ってくれよ」とケンタが顔を向けた。僕は、「これはおれたちがこしらえ始めたものだろ」と、小声で抗議した。

「あいつ、調子づいてるな」

おきよが怖い顔をしている。

まもなく、ピカイチがやって来た。

「今日は寒いねえ。あれ、どうしたの？」

「ケンタが下で待ってろって」

「ええっ、どうして？　みんなで直すんだろ」

ペタが言うには、ケンタが近所の大工さんから端材をいっぱいもらってきたらしい。端材とはいっても、あくまでも大工さんにとってなのだから、僕らから見ればとても上等な板だった。

「そうか、それでえばってるんだね」

「ペタ、ノンさんは？」

僕は上に向かって叫んだ。

「おれは伝えてないけど。のりまき、話さなかったのか？」

「おれは言ってないよ。だって、ペタが話すって言ってなかったっけ」

「そうだったか？　忘れちまったかも。わりい」

照れ笑いをして顔を引っ込めたペタに向かって、「別にノンさんがいなくたって困らないだろ」と、ケンタがささやきかけているのが聞こえた。ペタは何も答えなかったが、僕はなんだかいやな気分になった。


「お～い、まだかい？　寒くてたまらないよ」

ピカイチが声をかけた。

「しょうがねえなあ」

ケンタがペタに何か話した。

「いいぜ。来いよ」

ペタだ。六人が上るとちょっと狭いが、この木は太い枝が何本も横に張っているので、そこに板を渡して床にすると、けっこう安定する。

上がってみると、新しい板材の匂いが満ちていた。きれいに削られた木々がまぶしいくらいだ。以前からあった古い板がとてもみすぼらしく見える。

「どうだ。材料がいいと、気持ちもいいもんだろ」とケンタ。

「これ、みんな、おまえが持ってきたの？」

僕の質問にケンタはまず胸を張り、「ああ、寄付するぜ」と言った。なんだか、時代劇に出てくる材木商みたいだ。

「まだ、残ってるから、もっともっとりっぱになるよ」

キントンだ。

「足りなきゃ、またもらってくるさ」

ケンタがにやにやしながら言い、「おやつにしようぜ」と、ポケットからマーブルチョコレートを出した。ケンタは色とりどりの碁石のようなチョコレートを五個ずつ分けていった。ペタ、キントン、自分の、次にピカイチ、僕、そして、最後におきよ。ところが、おきよの手のひらには四個しかなかった。

「あれ、足りねえか。ま、がまんしてくれよ」

それですませてしまった。

「おきよ、おれのひとつやるよ」

僕がそう言おうと口を開きかけた時、

「返すっ！」

床にチョコレートをたたきつけると、するすると木から下りてしまった。

「おい、待てよ」

ペタがあわてて止めたが、おきよはさっさと帰ってしまった。

しばらくして、ケンタが口を開いた。

「すぐかっとするやつはりこうじゃない、っておやじが言ってた」

「そうだよな」

キントンがつづけた。

「…おれも帰る」

僕が言うと、ケンタが、「じゃあ、おやつ置いてけよ」と言った。僕はチョコをケンタに手渡した。

枯れた草原を抜け、一回だけ振り返った。ケンタたちの笑い声が聞こえた。


帰りがけにおきよの家に寄った。玄関を開けると、にぎやかな話し声が聞こえてきた。

「おっ、のりまき。早いじゃねえか」

おきよはもういつものおきよだった。僕は、ちょっとためらいながら、「おれも帰ってきた。おやつ返して」と伝えた。

「へえ、残念だったな。ま、あがれよ」

「誰か来てるんだろ」

「武志の友だちさ」

子ども部屋には武志と弥生がいた。

「あれ、弥生ちゃんじゃない？」

「あっ、教昭お兄ちゃんだ」

「なんだ。のりまき、知ってるのかよ」

「わたしのお母さんと、教昭お兄ちゃんのお母さんが知り合いなの」

　弥生が言った。

「うん。たしか同じ仕事をしていたことがあったような」

　少しずつ思い出しながら僕が言うと、「そうだよ。内職。古切手や古銭を袋につめる仕事」と、弥生はうれしそうに話した。

　僕らの会話を聞いて、おきよが、「うちの母ちゃんも知り合いなんだ」と言った。

「今、ぼくと同じクラスなんだよ」

　武志が割り込んだ。

「へええ、武志と？　ねえ弥生ちゃん、武志さ、いつも先生に怒られてるだろ？」

「ぼく、怒られてないよ」

　武志が抗議した。弥生は「ふふふ」と笑った。

　ストーブで暖められた部屋で、四人でミカンを食べながら、トランプや花札をして過ごした。

　クラスでは大縄が流行っていた。男の子も女の子も一緒になって八の字跳びに興じている。単純な遊びなのだが、なぜか夢中になる。

はじめのうちはペタも入っていたが、近頃来なくなった。ときどき遊具のあたりで見かけると、いつもケンタやキントンが一緒にいた。やがて、朝の外遊びを終えると、ケンタが僕らの教室に顔を出すようになった。先生が来るまでの間、ケンタはペタと廊下で話していく。そのうちに休み時間にも来るようになった。


「本部を大改造することにした。のりまき、ピカイチも来ないか」

一月末のある土曜日、教室で帰りの支度をしていると、久しぶりにペタから声がかかった。

「いい板材が手に入りそうだから、壁も屋根も全部取り替えるんだ」

「そりゃあ、確かに大改造だ」

「ケンタが知り合いの大工さんからもらってきた」

と、ペタはうれしそうだった。

「やっぱ、ケンタか」

「いやか?」

「ううん。いやということはないけど、あいつがおれたちをいやがってないか?」

「そんなことはねえだろ。おれがきちんと言うよ」

「……」

僕とピカイチは半信半疑のまま、昼ご飯を食べたあとに出かけた。

冬にしては暖かい日だった。本部ではケンタとキントンが早速古い板をはがしていた。

「よう、のりまき。ちょうどいいや。このいらない板をリヤカーではたけに運んでくれないか」

いきなりケンタにこう言われて路地に目を向けると、ペタの店のリヤカーが止めてあった。あまり気乗りしなかったが、僕はピカイチと古い板をかき集めてはリヤカーに積み始めた。庭では威勢のいい声が響いている。おもにケンタとキントンだ。

最後の木くずを積むと、ちょうどリヤカー一杯になった。僕が引き手を持ち、ピカイチが後ろを押した。狭い路地を抜け、車の通りの少ない道を選んではたけに着いた。リヤカーを止め、板を抱えて前山に出た。枯れ草の原っぱにおきよがいた。武志と弥生が一緒だった。

「おっ、ふたりして何してんだ?」

おきよがまじめな顔で訊いた。

「ペタ小屋の改造。いらない板を捨てに来たんだ」

「ふうん。大変だな」

「それよりおきよこそ何してるんだ」

「弥生ちゃんの体力づくりのために外遊びだ」

「そうか。今日は暖かいからちょうどいいかも」

「気持ちいいよ」

弥生がうれしそうだった。誰よりも青白い肌が目立つ。

「じゃあ、ツリーハウスに行けば。今日は誰も来ないと思うよ」

「木の上のおうち？　見たいなあ」

弥生も武志もうれしそうだった。

「よし、行くか」

おきよのひと声で三人は奥に行った。僕とピカイチは何往復もして板材を捨てた。からになったリヤカーを引いて戻ると、「ご苦労さん」とキントンがえらそうに声をかけた。

「本部はどうなった？」

「壁はだいぶできたね」

確かにいい板材があるので隙間はなくなった。窓の部分もしっかり開けられてあった。

「本物の大工さんみたいだね」

ピカイチが言った。

「おれ、将来は自分で自分の家つくろうかな」

ケンタがうれしそうだった。

僕とピカイチはもっぱら見ているだけだったが、仕上がっていくようすはおもしろかった。最後の屋根は厚めのベニヤで仕上げた。その上にさらにビニールシートを張ったので、これなら雨は完全にしのげそうだ。

日が暮れかけた頃、仕事が終わった。ベニヤでつくった扉を開けてなかに入った。木の匂いが満ちている。

「あれ、五人でも窮屈じゃない」

僕は驚いた。

「そう、少し敷地も広げた」とペタ。

「母さんに怒られないか」

「さあ」

「そういえば、ノンさんがアキオたちと遊んでいるらしいよ」

ピカイチの情報だ。

「へええ」

僕には初耳だ。

「ま、家は近いもんな」

ペタはあっさりしていた。

すると、ケンタが「アキオは嘘つきだからな」ときっぱり言い、こめかみに血管を浮き上がらせた。「カズ坊やイソッチョもよく一緒にいるよ」

「なんかあったの？」

ピカイチがのんびり訊いた。

「あいつ、いないやつの悪口は言いたい放題。おれもたくさん聞かされたよ。気に入らなければ、仲間はずれにもしたし」

「そうなんだよ。だからおれたちはなれたんだよな」

キントンがつづけた。

「アキオには愛想が尽きたよ。ペタとは大違い」

ケンタが持ち上げた。

「そんなことねえよ」

「いや、わかるよ。おれも二組がよかったな。……そうだ、明日、本部の完成祝いをしないか？お菓子を持ち寄って」

「いいなあ。やろうぜ」

ペタが宣言した。


昼間あんなに暖かかったのに、日が沈む頃から急に寒くなった。僕は風呂屋に行った。今日は誰にも会わないなと思っていたら、せいちゃんがやって来た。

僕らは頭に石けんをつけながら、鉄人28号だ、ブラックオックスだ、ギルバートだと髪を立てて遊んだ。僕は鏡のなかのせいちゃんに、「今日、ケンタがアキオの悪口を言ってたよ」と話しかけた。

「なんて？」

「気に入らないやつの悪口は言いたい放題だし、仲間はずれにもするって。だから許せなくなった、みたいなこと」

「………」

「ケンタ、アキオともめたって言ってたよね」

「うん」

「アキオのせいなの？」

「いや、どっちかというと悪いのはケンタだよ」

「やっぱり」

「気づいてた？」

　せいちゃんが僕の顔をのぞき込んだ。

「細かいことはわからないけど、なんだか調子いいから」

「きっかけはケンタなんだ。アキオにはカズ坊たちの悪口や、やってもいないことを言いつけて、カズ坊たちにはアキオが言いもしないことを勝手に言いふらしていたんだ」

「それじゃあ、もめごとが起きちゃうじゃない」

「そうなんだよ。そのうちにあんまりいやな感じになってきたから、おれが別々に話を聞いてみたんだ」

「それでわかった?」

「いや、最初はよくわかんなかった。ケンタが相当うまいこと言ってたようだから。うそにうそを重ねてね」

「うそにうそねえ。まるで『狼少年』だな」

「そうなんだ。『狼少年ケンタ』だって、アキオは怒ってた」

「あっ、それいい。ぴったりかも」

「本物の『狼少年ケン』に悪いよ」

「そうか。あっちは正義の味方だもんね」

僕らはひとしきり笑った。

「それだけじゃなくて、自分ではやってもいないことでも、自分の手柄みたいにするし、逆に、自分のへまはうまくごまかしたり、ひとのせいにしたりするから、どこまで信じていいかわからないんだ」

せいちゃんは眉にしわを寄せた。

「この間の自転車レースだって、あの場所はアキオが見つけてきたんだ。そして、アキオがつくり出した遊びなんだよ」

「さすが。やっぱ遊びの天才だね」

「そう。それはまちがいないね。アキオもいろいろあるけど、一緒にいると確かにおもしろいんだ」

しばらく浴室の高い天井を見上げてから、せいちゃんがつづけた。

「でも、いろいろなことがわかってきて、ついにアキオがケンタに問いただしたんだよ」

「素直にあやまった？」

「いや、ケンタは最後まで言い訳をしてた。それで、ついにアキオが怒りだして、一発殴っちまったんだ。ケンタは怖くなって、それでおれに泣きついてきたという訳」

「なんでそんなことしちゃうんだろう。ふつうにしていれば楽しくやれるのに」

僕が言うと、「ケンタって、ああ見えてとても淋しがり屋なんだ。いつも自分が中心にいたいんだよ。きっと、もっとアキオに親しくしてほしかったんだと思うよ」と、せいちゃんが答えた。

「そうだったのか」

「だから、ちょっとかわいそうに思って、のりまきたちのところに連れてきたんだけど、なんか迷惑じゃない？　気になってるんだ」

「う〜ん。……今は特にはないよ」

「ケンタも、さすがに少しは反省してるみたいだけど」

風呂上がりに僕が買ったパンピーを半分ずつ飲んだ。今日は釣り銭があったからね。

翌日曜日、急に家族みんなで親戚の家に行くことになった。いつもなら遊びが優先で、僕は行かないなんて言うんだけど、今日はなぜかそういう気になれなかった。ペタの本部の完成祝いだったのに。

駅に向かう途中で、ペタの家に寄った。

「お、どうした。いいかっこしてるな」

僕が事情を話すと、「そうか」とペタは残念がった。まさか、その晩ピカイチからあんな話を聞くことになるとは、この時は想像もしていなかった。

ピカイチが本部に着くと、もうみんな集まっていた。

「のりまきはまだかい？」

「のりまきは親戚の家に行くって」

「そうか。じゃあ、これで全員だね」

そう言うと、ピカイチは大きな手提げ袋を床に降ろした。

「なんだかガチャガチャいってんな」

ケンタが袋をのぞいた。

「ああ、これ。お祝いの」

と、ピカイチがプラッシーを取り出した。

「おお、久しぶり」

ペタの顔が輝いた。テーブル代わりのリンゴ箱の上には、すでにお菓子がたくさん載っていた。

「すごいね。これ」

それを見てピカイチが感心した。

「ケンタからの寄付だよ。たっぷり小遣いもらってるからね」

キントンがよいしょした。

「いや、ほんのお裾分け」

ケンタが鼻をひくひくさせた。

栓を抜いたプラッシーを手に、四人で乾杯をした。ぶつけた瓶の音が響く。

「本物のパーティーみたいだ。テレビで観たやつだけど」ピカイチが頬を紅潮させた。

「本物だよ。おれたちにとってはな」

ペタが笑った。

すると、お菓子をほおばっていたキントンが、「そうか」と大きな声を出した。

「なんだよ、急に」

ケンタがとがめた。

「この本部に何か足りないなって、ずっと思っていたんだけど、今思いついた」

「足りないもの？」

「そう。看板だよ。表に看板つけようよ」

「なるほど。板ならまだいっぱいあるもんな」

「でも、ただ『本部』じゃしょうがないな」とペタ。

「おれたちの組織の名前をつくんなくちゃな」

ケンタがえらそうに言った。

「組織？」

「秘密結社でもいいぜ」

「ひみつけっしゃ？　なんだかすごいなあ」

ピカイチが目を丸くした。

「どんな名前がいいかな？」

キントンが腕を組んで考えている。

「とにかく、おれたちは鉄の団結でいこうぜ」

ケンタのことばにペタが、「鉄の団結か」とつぶやき、「じゃあ、『鉄の団』だ」と大きな声を出した。

「『鉄の団』。それ、いいかも。さすがペタ」

ケンタがほめた。すると、キントンが、「ケンタ、これを仲間の印にしたら」と、胸のポケットから棒手裏剣を出した。

「おっ、すげえ。本物か？」とペタ。

「いや、おれたちでつくったんだ」

「そんなすごい物つくれるのか」

「ああ、簡単だぜ」

「ちょっと見せてくれ」

十五センチほどの手裏剣はしっかり研いであり、持つところには布が巻かれてあった。

「切ることも刺すこともできる」

ケンタも同じ物を取り出した。

ペタもピカイチもじっと見つめた。

「試しに壁に投げてみろよ」

ペタが言った。

「新築なのにいいのか?」

「ああ、いいぜ」

「よし、ちょっと下がって」

ケンタが手裏剣を持った腕を後ろにそらせた。そして素早く振り下ろす。棒手裏剣は扉の内側に見事に刺さった。

「あまり深くは刺さらねえけど、鉛筆ぐらいなら削れるぜ」

「どうやってつくるんだよ」

「ペタたちもほしいか?」

「もちろんだよ」

「よし。じゃあ、これからつくりに行くか」

「どこへ?」

ピカイチが不安そうな顔をした。

「まあ、まかせろよ。おい、キントン、おれんちから五寸クギ持ってこいよ」

「五寸クギでつくるんだ」

ペタは興味津々だ。

「ああ、それをたたきつぶせばいいんだけどな。時間がかかるからもっと手っ取り早くやる」

「……」

「電車だよ。電車につぶしてもらうんだ」

「なるほど。それは確かに早そうだ」

ペタにはわかったらしかったが、ピカイチは理解できないままだった。

その後、キントンが太いクギの入った布袋を持ってきたのを機に、四人は隣町へ出かけた。目的地は桐ヶ丘駅のホームから少し離れた踏切だった。駅からつづく線路がゆるくカーブしている。

「レールの上に置けばいいのか?」

「そうなんだけど、勢いがついているから吹っ飛ばされるんだ。だから、少し踏切の手前に置いた方がいい」

　ケンタがあたりを見回していると、警報が鳴った。

「ちぇっ、ちょい休憩」

　緑色の電車が通り過ぎた。

「よし、行くぜ」

　ケンタとキントンは踏切から線路に降りた。砂利を踏んで歩く。ペタとピカイチもつづいた。十数メートル進んだところで、二本のレールの上に一本ずつクギを寝かせた。

「あとは待つだけ。戻ろう」

　少しすると、電車が通過した。クギを置いた方だ。「急行」という丸い表示をつけている。桐ヶ丘は止まらない電車なので、すごいスピードだった。ペタの髪の毛が思い切り乱れた。

「予定だと、こっちの方に飛んできてるはずなんだけど」

　線路に降り、砂利の間を捜す。一本はすぐに見つかったが、もう一本は見つからなかった。

「ま、よくあることさ」

　そう言って、ケンタは見事につぶされたクギを見せた。さわるとほんのり温かい。

「いやあ、こいつはすげえな」

「今度はペタたちの番だぜ」

　ケンタが真新しいクギを手渡した。再び四人はレールの脇を歩き始めた。しかし、まもなく警報機が鳴り出した。

「はい、残念。休憩で〜す」

踏切に戻りながら、ケンタがおどけた。

「びっくりしたね」

ピカイチは緊張している。

すぐ目の前を通り過ぎる電車をやり過ごし、再び砂利の上を小走りに進み、クギをレールの上に置いた。

「電車が来る側にとがった方を置けよ。逆にすると、吹っ飛ぶことが多いんだ」

「なるほど」

ピカイチは感心してみせたが肝心のクギの据わりが悪く、すぐに転げ落ちてしまう。

「ピカイチ、早くしないと電車が来るぞ」

ペタがせかした。

「大丈夫だよ、警報が鳴るんだから」

のんびりしたピカイチが、そんなことを言いながらようやく立ち上がった時だった。

「こら〜っ、おまえら、なんでそんなところにいるんだ〜」

という怒鳴り声がした。振り返ったペタは、踏切からこちらに向かって来る駅員の姿を見た。

「やべえ、見つかった。逃げるぞ」

ケンタが走り出した。隣の踏切までは三十メートル近くある。そこを四人は駆け出した。駅員は、「危ないからこっちに来い」と怒鳴るが、そっちに行ったら捕まるから、やはり反対側に逃げるしかない。それを見て駅員もこれは捕まえるしかないと思ったらしく、気合いの入った顔つきで枕木の上を走り出した。そして、やはり速い。こうしたことには慣れているのかもしれない。踏切まであと十メートルほど。ケンタ、キントン、ペタは余裕だったがピカイチが遅れていた。

警報が鳴った。金属をたたく激しい音があたりに響く。

「待ってくれよ～」

ピカイチが混乱している。

「早く！　急げよ」

ケンタが怒鳴る。ピカイチも必死だ。しかし、ついに砂利に足を取られて線路脇に転がってしまった。ペタたち三人はちょうど踏切に着いたところだった。

「ペタ～」

警報に混じってピカイチの必死の声が聞こえてくる。その向こうには走る駅員の姿。

「相変わらずぐずだなあ」

ケンタが小さな声で言った。

「仕方ない。行くよ」

キントンだ。

カーブの向こうに電車が見えた。ペタは思わず目を閉じ、うつむいた。

「ピカイチ、許せ」

そのまま、二秒ほどじっとしていたが、すっと背を伸ばすと駆け出した。

電車が長い警笛を鳴らした。空気が振動している。レールが目の高さだ。強い風。重そうな車輪がいくつも通過していく。ピカイチは枯れた草のなかに突っ伏していた。怖くて自然に涙が流れ出した。

「もう行ったぞ。起きろよ」

ピカイチは襟首を捕まれた。おそるおそる顔を上げる。涙でにじんだ視界にペタの顔が見えた。

そう、ペタだ。

「戻ってきてくれたんだ」

そのピカイチに何か言おうとしたペタの襟首が誰かに捕まれ、引き上げられた。

「おまえら〜っ」

鬼にも似た顔で駅員が怒っていた。ふたりは襟首を捕まれたまま、踏切まで連れて行かれた。

「ばかやろう。一歩まちがえば死んじまうんだぞ。どうして線路になんか入ったんだ」

「ごめんなさい」

ピカイチが泣きながらあやまった。

急行
EXPRESS

「何してたんだ！」

思いきり興奮している。むりもない。

「……く、…ぎ」

ピカイチがしぼり出すようにしゃべり始めた。

「えっ？」

駅員が訊き返すと、すかさずペタが口を開いた。

「く、黒い猫と銀色の猫がいたんです、線路のなかに。だから、危ないって思って入っちゃったんです」

「猫？　猫二匹のためにおまえたちふたりが死んじまったら、親御さんは悲しむぞ」

「……はい。ごめんなさい」

ペタが頭を下げた。

「たまたまホームの端から見えたからよかったが、いやあ驚いた。危うく大事故になるところだった」

「ごめんなさい」

今度は声を揃えてあやまった。

「よし、今回は大目に見てやるが、次またこんなことをしたら、警察に行くことになるからな。気をつけろよ」

「はい」

また、声がそろった。

襟首をつかんでいた手がゆるんだ。やっと解放されると思った時、駅員が「念のため、学校と名前を訊いておくかな」と言った。ピカイチが青ざめた。

「どこの誰だ？」

「……桐ヶ丘小学校の、柏原武雄です」

ペタが小声で答えた。

「よし。おまえは？」

駅員がピカイチに顔を向けた。そのピカイチはぽかんとしたままペタを見つめていた。

「あっ、こいつは同じ学校の吉澤誠一です」

口を開いたまま惚けているピカイチに代わってペタが答えた。

「桐小の柏原と吉澤だな」

「はい」

「二度とするなよ」

そう言うと、駅員は戻っていった。「桐小の柏原と吉澤。桐小の柏原と吉澤…」と唱えながら。

最初の角を曲がったところでふたりは走って逃げた。今日のところは棒手裏剣はあきらめた。

ということを、僕は風呂屋で当のピカイチから聞いた。

「危なかったな」

「おいら、死ぬかと思った」

「危機一髪か」

「でも、捕まって怒られちゃったから、危機一髪じゃないんだけどね」

「それはそうと、ケンタやキントンは?」

「さっさと本部に戻ってたよ」

「冷たいやつらだな」

「そうだね」

ピカイチが腕についた大きな泡をふっと吹き飛ばした。

「ところでさあ、ペタが答えた名前、いったい誰だ」

「そうなんだよ。おいらも気になっててさ。でも、必死で逃げていたから、その時は訊く余裕なかったろ。だから、本部に戻ってから訊いたんだ。そしたら……」

「そしたら?」

「うちの学校の校長先生と、ペタの前の担任の先生だって」

「えっ、豊原小の校長先生? かしわばら……?」

「そう。たしか柏原武雄先生だったよ」

「それと、吉澤先生？」

「うん。ペタが大っきらいな先生だ、って言ってた」

「……ああ、思い出した。二年の頃おれの隣のクラスの先生だった。なんだかおっかない先生だった気がする」

「そうらしい。随分殴られたからよく覚えてるって」

「さすがだねえ、ペタ」

僕は思わず笑ってしまった。


湯船につかるとピカイチが、大きなため息をつきながら「いい湯だなあ」と歌うように言った。

「おまえ、おっさんだなあ」

「だって、風呂屋は気持ちいいじゃないか」

「まあな。確かに……」

体が温まり、とろんとしてきたが、不思議と気持ちだけはスッキリしなかった。何かが少しずつ音もなく崩れ始めている。そんな想像が頭を巡り始めた。そして、ふと、床下の原子爆弾を思い出してしまった。

雪の日に

正月以来ほとんど降らなかった雪が、一月末から頻繁に降るようになった。

朝、母さんが窓を開け放つと、いつもより遥かにまぶしい光が顔に当たった。ひと晩のうちに積もった雪が、昇り始めた朝日に照らされて、できたてのざらめのように輝いていたのだ。見慣れた風景が一変していた。

「やった。雪だ」

一年のうちで、元気に布団から飛び起きるのは、遠足の日と雪の日だけ。

雪合戦の場所取りを考えて、いつもより早めに家を出た。役所の出張所のあたりまで来た時、前をタノゲンが足早に歩いているのを見つけた。「あいつも場所取りだな」と思って、僕はブロック塀の上の雪をつかみ、大きめの雪玉をこしらえた。そして、ふわっと投げた。ねらいは頭のてっぺんだったが、ちょっとそれて後ろ頭から襟首に当たった。

「うわっ、なんだ?」

タノゲンがあわてて振り向いた。

「よう」

「のりまきかよ。ひでえな。背中に入っちゃったじゃないか」

「油断大敵」

「何が油断大敵だよ。後ろから襲うなんて卑怯だぞ」

「今日みたいな日には、手袋と襟巻きは絶対必要なんだぜ」

僕は手袋をはめた手をパンパンはたいて見せた。

「確かにそうだけど。ああ、背中が気持ちわりい」

タノゲンはさかんに体をもぞもぞさせながら、手を襟元に突っ込み、雪をかき出していた。

「三組もいつもの場所か？」

「もちろん。でも、今日はため鬼じゃなくて絶対雪合戦だよな」

「だね。じゃあ、去年みたいにおれたち二組と対戦する？」

「三組対二組？」

「そう。クラス対決」

「楽しかったよな。……でも、アキオが『うん』って言うかな？」

「なんで？」

「今、ケンタともめてるし、近頃はノンさんと仲良くやってるから、クラス対決はやりたがらないんじゃない？」

「なるほど。……ノンさんとアキオ、うまくやってるんだ」

「家が近所だし、幼稚園も一緒だったからね。近頃は三角ベースに熱中してるみたいだよ」

僕は足元に目を落とした。長靴が足首まで埋まっている。甲に載った雪を思いきり蹴った。

やはり今日はみんな早い。土俵のように広い朝礼台も、あっという間に子どもたちで一杯になってしまった。

「どうせやるなら一緒に雪合戦しよう」との声は多かったが、やはり、クラス対決にはならなかった。かわりにアキオがおもしろいことを言った。

「三組も二組もそれぞれ運動会の時の紅白に分かれて、クラス関係なく紅白で戦わないか?」と。

「冬に運動会か?」

誰かが言ったのを受けて、アキオは「そうじゃないよ。『紅白雪合戦』だぜ」と返した。取り囲んだみんなの目が輝いた。

「歌合戦のかわりに雪合戦か。そりゃいいや」

「やろうぜ、やろうぜ」

一気に盛り上がった。確かにアキオは遊びの天才なのかもしれない。たかが分け方なのに、みんななんだか楽しいような気分にさせられている。

でも、あとでわかったんだけど、これはアキオの陰謀だった。それは、紅白に分かれた時に気づいた。つまり、アキオは近頃お気に入りのノンさんと組むことを考えていたのだ。そして、あわせてケンタとは違う組になることもわかっていたのだ。天才かもしれないが、せこさもずば抜けていた。

どちらにしても、みんな早く雪で遊びたかったので、そのことには誰もふれなかった。ノンさん、アキオ、ペタ、タノゲン、ガン助、たっちゃん、光男たちが紅組。僕はせいちゃん、おきよ、ピカイチ、浩、イソッチョ、それにケンタも入れた白組だった。

「ルールを確認するぞ。まず、雪玉が当たったら死ぬんだから、その場でしゃがむこと。でも、仲間にタッチしてもらえたら生き返れる。それから、顔面ねらいはなし。もしも当てた時は当てたやつが死ぬ。当てられた方はセーフだ。どうだ?」

アキオが蕩々としゃべり、聞いていたみんなは一斉にうなずいた。

朝礼台を紅組が、ジャングルジムを白組が陣地として選んだ。しかし、全校の子どもたちが思い思いに遊んでいるなかで戦うのだから、思っているよりも難しい。もしも、雪玉を一年生にでも当てて泣かしたりしたら、まずいことになるからね。

「準備いいか?　始めるぞ」

アキオの合図でみんな一斉に陣地を飛び出した。対決は想像していた以上にいい感じだった。一時僕たち白組はピンチに陥ったが、せいちゃん、おきよと僕がチームを組み、おとり作戦で形勢逆転した。一方紅組は、当てられたメンバーをできるだけ早くタッチして復活させることを徹底しているので、攻撃する側がだんだん疲れてくるのだった。

こうして盛り上がっていたのだが、気になることもあった。
「アキオのやつ、やたらケンタにぶつけてないか」
「そう言われると、そんな気もするな」
確かにケンタはよくしゃがんでいた。そのつどいろいろな仲間にタッチして助けてもらってい
る。天敵のようなおきよでさえも、ケンタをタッチで救っていた。
「アキオ、ほんとにケンタのことが嫌いなんだね」
ピカイチが言った。
しかし、ケンタもしたたか者だ。いつしか身を隠してしまった。ケンタの姿が見えなくなると、
アキオが落ち着きをなくした。
ケンタは捨て身の作戦に出たのだ。植え込みに沿って雪のなかに埋もれるように背を低くして
移動し、アキオの陣地に迫っていた。
「あっ、あんなところに」
おきよが声をあげた時、アキオが戻ってきた。ケンタがすっと立ち上がる。アキオはあわてて
止まろうとして足をすべらせた。そこに力一杯かためられた雪玉が飛んできた。「ぱちん」と高
らかに弾ける音がして、玉はアキオの額で炸裂した。アキオは雪の上に仰向けに倒れた。
「おい、大丈夫か？」
ノンさんが駆け寄る。歯を食いしばって額を抑えているその手をどけてみると、ちょうどまん

なかあたりが赤く腫れ、血がにじんでいた。

「アキオ、休んだ方がいいぞ」

しかし、ノンさんの言葉をさえぎり、額と目を血走らせてアキオは立ち上がった。仁王立ちというのはこういうものなのだろう。さすがに怖かった。

ケンタだってもちろん怖かったろうから早速逃げた。アキオがすごい勢いで追っていく。ケンタは必死に逃げたが、いろいろな学年が遊んでいるので、うっかりぶつかったり、誰かの投げた雪玉をくらったりして思うように走れない。後ろを見ると、額を赤く染めたアキオが迫ってくる。ケンタは一瞬力が抜けた。でも、ここで踏ん張らなければと気を取り直し、前に向き直った時、目の前に大きな雪だるまがあった。よけるのも面倒なので、ケンタはジャンプをし、雪だるまの頭を蹴って方向転換を図った。鈍い音がし、ケンタは鋭角に右に折れた。

ところが、そのはずみで雪だるまの頭がごろりと落ちたのだ。それはちょうど、弥生や武志たち二年生がつくっていたものだった。落ちた頭が弥生の細い体を直撃した。そうでなくても運動不足気味なので支えきれずに下敷きになったのだ。幸いそれほど重いものではなかったので、みんなで動かして助け出し、たいしたことにはならなかった。しかし、せっかくこしらえた雪だるまが台なしになってしまった。

「なんてことするんだよ」

「もう少しで完成だったのに」

みんなが怒っている。そこへちょうどおきよが通りかかった。

「誰にやられた？」

武志の指さす先を必死に逃げていくのは、紛れもなくケンタだった。おきよが足元の雪を握ったと思ったら、さっと走り出した。さすがに紺のセーターを着てはいるが、下は半ズボンだった。もちろんはだしに長靴。それでも速い。それにケンタの動きを読んでいるのか、うまい具合に先回りをする形になっている。ケンタが飼育小屋近くのマツの木にたどり着いた時だった。アキオだけを追っていた視界の端に恐ろしい形相を捉えた。

「えっ？　おきよが……」

つぶやきはつづかなかった。次の瞬間、おきよの強烈な雪玉ストレートがケンタの眉間を直撃したのだ。ケンタの目のなかにいくつもの火花が散った。

「おきよ、おまえケンタと同じ組だろ」

あとから追いついたアキオが唖然としている。

「知ってる。でも、許せねえ」

おきよが怒鳴った。ケンタは両手で頭をかかえてうずくまっていた。

鐘が鳴った。勝負はお預け。ケンタはせいちゃんに連れられて教室に入った。

一時間目にみんなで遊んだあと、休み時間も、昼休みももちろん雪遊びだった。下校の頃には校庭中に雪だるまやかまくらができていた。

手袋も靴下もすっかりびしょびしょになって僕はおきよ、武志と下校した。それからはたけに行き、久しぶりにノンさんと遊んだ。光男、アキオ、イソッチョ、カズ坊らも来ていた。そこに僕とおきよが入った。

「史上最大の雪だるまつくらないか?」

額に絆創膏を貼りつけたアキオが言った。前山付近にはまだたくさんの雪が残っていた。それもあまり踏み散らされていないので、僕らは二手に分かれて大きな玉をつくり始めた。すぐに直径が一メートルを超えた。が、重さのために転がせなくなった。それでも、うんうん言いながらさらに大きくした。

「もう限界だな。あとは坂を転がして、死の谷で頭を載せよう」

ノンさんが提案した。そしてひとつ目の玉を落とした。きしんだ音がし、樋のようなくぼみが残った。

「おっ、うまいな。よしおれたちも」

アキオたちもようやく斜面の上まで転がしてきた。アキオが合図を送り、みんなが一斉に顔を赤らめた。巨大な玉がゆっくり斜面のへりを越え、ずぶずぶいいながら回転していった。死の谷に大きな雪玉がふたつ並んだ。

「さて、これをどうやって載せる?」

「問題はそれだよな」

みんなで寄ってたかって試みたが、雪玉を持ち上げることができなかった。

「せっかく大きくしたのに、これじゃ雪だるまじゃないよな」

アキオが腕を組んだ。

「ふたつくっつけて寝ている雪だるまじゃだめ?」

僕が言うと、

「ははは、おもしろいけど、ちょっと悔しいな」

みんな急に真剣に考え始めた。

「そうだ。ふたつに切って載せてからくっつけるっていうのは?」

僕が提案した。

「どうやって切るんだ?」

「たしか、ツリーハウスにぼろい鋸があったよな」

おきよと僕は一緒に鋸を取ってきた。真っ赤に錆びた古いものだったが、雪を切るのだから、特に困ることはない。半分にしても雪玉は十分重かった。でも、それならなんとか載せることができた。そして、残り半分を載せ、継ぎ目を隠し、大きな雪だるまが完成した。拾ってきた石や木の枝で適当に目鼻をつけた。

「こんなの見たことないな」

日が暮れかけている。空気は冷たいのに、動き回ったせいか体は妙に暖かい。あたりがすっかり暗くなってから、僕らははたけをあとにした。振り返ると、薄暗がりに巨体がたたずんでいた。

家に帰ると、待ちかねていた母さんにお使いを頼まれた。観たいテレビもあったが、遅くまで遊んできたので、仕方なくもう一度家を出た。

近所の街灯が雪を照らしている。もう凍り始めたのか、細かなビーズを敷き詰めたように光っていた。

駅前まで行くので、ちょっと回り道をしてペタの家の裏を通った。本部からあかりが漏れていた。暗がりに看板が見える。「鉄の団本部」と書かれていたが、「鉄」が「金」に「矢」になっていた。暗がりで目を凝らしていると、なかから笑い声が聞こえてきた。きっと、ケンタやキントンがいるのだろう。僕は駅前に急いだ。

「本部が完成して、看板もできたし、仲間の証明の棒手裏剣もそろったな。あとは……」

ケンタが言った。

本部に積もった雪を下ろしたあと、ペタ、ケンタ、キントンの三人はなかに入り、いつものようにお菓子を食べながら過ごしていた。ここには手製の火鉢しかないので、雪が積もるような今日はさすがに寒い。息が白く踊っている。

「あと、何があれば……?」

ペタが訊いた。

「そうだ。掟をつくろうぜ。おれたちの団結のために」

「掟か。ちょっとかっこいいな」

「だろ。おれたちだけの掟」

早速、広告やチラシの裏紙を使ってケンタが下書きを始めた。

「まず、『なかまをうらぎらない』ってどうだ?」

「そうそう。それは大事。いいねえ」

キントンが喜んだ。

「あと、…『ひみつをまもる』」

ケンタが書きながら言う。

「『なかまのピンチはみんなでたすける』ってのは?」

今度はペタの案だ。

「いい、いい。かっこいい」

キントンが興奮している。ことばを書き留めていたケンタが、「あ、まちがえた」と言って、チラシを破った。細かくちぎったチラシの一部を火鉢にほうり込んだ。ぱっとオレンジ色の炎が上がり、本部のなかがぼうっと明るくなった。「おお」という声が上がった。

「この火鉢、炭もいいけど、紙を燃したらもっと暖かくなるんじゃない？」

ケンタが、細い紙片をまた火鉢に入れた。紙は生き物のように反り返り、明るい炎を吐くと、まもなく黒くなった。

ひとしきり紙を燃やすことに熱中したあと、ペタの「掟を仕上げようぜ」のひと言でようやく話が戻った。キントンが舞い散った黒い燃えがらを集めて火鉢に戻した。

「もうひとつひらめいた。『なかまのかたきはみんなでうつ』」

そう言いながら、ケンタがペタを見つめた。

「へええ、なんだか侍みたいだな」

ペタが答えた。

「でも、大事だろ、こういうこと」

「そうだな。仲間ってそういうもんだろうな」

ケンタは決定した掟をカレンダーの裏に書いた。「鉄の団のおきて」は、本部の壁に貼られた。

大雪の日から、まだ数日しかたっていないのに、また雪が舞いだした。たしか五時間目の授業中だった。窓に近いピカイチが「雪だ」と小声で教えてくれた。窓から見える校庭のあちらこちらには、まだ雪が残っていた。今日の雪は淋しげに舞うだけで、積もる気配はなかった。

「あら、ちょうどよかった。お母さん、ちょっと長谷部さんのうちに行ってくるから、義和の面倒見ててね」

家に帰るなり母さんに言われた。

「おきよんち？」

「そうよ。けんかしないでよ」

「お兄ちゃんが意地悪しなければいいんだ」

弟の義和がえらそうに言った。

「そんなこと言ってると、また、やっつけるぞ」

「ほら、もうけんかしてる」

「けんかじゃないよ。教えてやってるんだ」

「どうでもいいけど、すぐに帰ってくるから頼むわよ」

「すぐに」と言って、本当にすぐに帰ってきたためしなんかまずない。母さんの「すぐに」は、きっと地球時間じゃないんだ。


父さんは残業だった。だから、夕食は家族三人でとった。

「ねえ、教昭。今日、きよちゃんのうちに関口さんが来たのよ」

「……」

「弥生ちゃんのお母さん」

「ああ」

「そこで、頼まれごとしちゃったんだけど、相談にのってくれる？」

「頼まれごと？　どんな」

「弥生ちゃんのことは知ってるでしょ」

「喘息のこと？」

「そう。それもとても重いのよね」

「この前、おきよんちに来てたね。体力づくりだとか言ってた」

「その体力も大事なんだけど、お休みが多くて、お勉強の遅れが心配らしいの」

「そんなに休んでるの？」

「去年は合わせて三か月ぐらい休んだって言ってたわ」

「そんなにひどいんだ」

「だから、どんどんお勉強が遅れてしまうのよね」

「かわいそうだね」

「そうなのよ。だから。もしできるなら教昭が勉強を教えてくれるとありがたいって……」

「へええ、お兄ちゃんが先生？」

テレビを観ていた弟が割り込んだ。

「えっ、ぼくに？　それはむりだよ」

「だって、弥生ちゃんはまだ二年生よ。あなたより下なんだから」

「いや、そういう問題じゃなくて」

自分の勉強だっておぼつかないんだから、ということばはぐっと飲み込んだ。

「弥生ちゃん、教昭に教わりたいって言ってるらしいわ」

「でも、お兄ちゃん、勉強なんかしてないよね」

「うるさい。少しはやってるぞ」

「ぼく、見たことないもん」

僕は弟を軽く蹴った。弟があかんべえをした。生意気なやつだ。

「どう?」

「そんなこと言われても、どうしていいかわからないよ」

「困ったわね」

「ぼくも困るよ」

「きよちゃんはどうかしら?」

「おきよは体育専門だよ」

僕の返事に母さんは笑った。そして、否定はしなかった。でも、おきよが勉強を教えている姿を想像すると、僕も思わず吹き出した。

ひとしきり笑ったあと、「でも、誰かいないかしらね」と、母さんがあらためて真剣になった。

土曜日の午後、学校から帰って昼ご飯を食べていると、おきよがやって来た。

「遊ぼうぜ」

「うん。いいけど、まだ飯食ってるから、あがってくれよ」

「あっ、おきよお姉ちゃんだ」

弟が顔を出した。

「よう。飯食ったか？」

「うん。食べたよ。でも、お兄ちゃんはぐずだから、まだ終わらないんだ」

「こら、ぐずなんじゃない。おかわりしたんだよ」

母さんは近所に出かけているので、おきよが待ちついでに弟の相手をしてくれた。これで僕はのんびりご飯を食べられる、と思っていたのに、まもなく奥の部屋からごつん、どすんという響きが聞こえてきた。気になったので、残ったご飯をかき込んで奥に行くと、おきよが壁に向かって逆立ちをしていた。

「食い終わったのか？」

「終わったのかじゃないよ。なんだか地響きがしたから見にきたんだ。何やってるんだよ」

おきよは、逆立ちしたままにっと笑った。短い髪が全部下を向いているので、つるんとしたおでこが丸出しだ。

「よし坊が逆立ちできないって言うから教えてやってんだ」

そう言いながら、壁から足をはなし、両手のひらだけで体を支えた。

「うわあ、すご〜い」

弟が飛び跳ねて喜んだ。

「まだまだ」

ちょっと止まってバランスをとったあと、おきよは腕だけを使って歩き始めた。一歩、二歩、三歩歩いて、足を下ろした。

「ねえねえ、ぼくにもできる？」

「すぐにはむりだけど、逆立ちだけなら簡単だぜ」

おきよは弟の体をつかみ、こつを教え始めた。「首をあげろ」「胸を反らせ」なんて言いながら、手で支えつつ逆立ちのまねごとをさせていた。

「やっぱり体育の先生だよな」

「なんか言ったか？」

「いや、ひとりごと」

母さんが戻ってきたので、僕はおきよと出かけ、並んで自転車を走らせた。

「ピカイチと浩と約束したんなら、今日はマンガ描くんだろ？」

「ううん。自転車の練習」

「……」

「自転車に乗れない浩の特訓」

「へえ、おもしろそうだな」

おきよが目を輝かせた。


学校への角を過ぎ、いくつかの商店が並んでいる道を走っていると、ふと気になる姿が目に入った。僕はそこを少し通り過ぎたところで自転車を止めた。前にいたおきよも戻ってきた。店から子どもがふたり出てきた。ケンタとキントンだ。僕は黙って指さした。おきよがはっとしたようすで、それでも声を出さずに近づいてきた。

ふたりは僕らに気づかないまま、今僕らが来た方に歩いていく。ケンタが手に持ったお菓子をひとつ手渡している。すると、キントンがポケットから別のお菓子を出した。それをケンタに渡すと、さらにもうひとつ取り出した。ふたりが顔を見合わせたのが、後ろからもわかった。


「やな雰囲気だな」

おきよが声をひそめた。

「うん」

きっと、これからペタのところに行くんだろうと思った。でも、そのことは口にしなかった。

浩の住んでる銀行の社宅に着くと、ピカイチと浩が敷地内の空きスペースで練習をしていた。

片方だけ補助輪をつけた自転車の後ろをピカイチが押さえていた。浩が緊張している。

「よう」

　僕が声をかけると、ふたりは自転車を止めた。

「ああ、のりまき。おきよも一緒か」

「特訓なんだって」

「ぼくも自転車に乗りたいから」

　寒いのに浩の顔は紅潮していた。

「今まで乗る機会がなかったのが不思議だよな」

　僕は浩に声をかけた。

「クリスマスにサンタさんにもらってからずっと練習してるんだって」

　代わりにピカイチが答えた。

「サンタさん?」

「もちろん。浩の父ちゃんと母ちゃんだよね」

　ピカイチが照れたように笑った。

「片側だけの補助輪じゃ、かえっておっかないぜ。はずしちまえよ」

　おきよが真剣な顔をしている。何かがめらめら燃えているようだ。

「そうは思うけど、やっぱり、まだ……」

浩が申し訳なさそうな顔をした。

「じゃあ、ないと思って走ってみな。補助輪が地面につかないように……」

おきよは自転車に近づき、片側だけの補助輪を力任せに押し上げた。浩もピカイチも驚いている。小さな車輪が後ろに跳ね上がった形になった。

「これじゃ、つきたくてもつけないんじゃ……」

ピカイチが心配顔だ。

「いや、なんとかなるさ。危なければ足を出せばいいんだ。とにかくやってみな」

浩が圧倒されている。なぜ今ここにおきよがいて、しかも、ガンガンいいように事を進めているのか。落ち着こうとすればするほど混乱してくる。そのようすが僕にも手にとるようにわかった。

「でも、まあ、おきよの言うようにやってみたら。もうだいぶ練習したんだから、ほんと、なんとかなるんじゃないい」

僕がそう言うと、「おいらもそう思えてきた。やってみなよ」とピカイチも励ました。その顔を見つめていた浩は、黙ってうなずいた。

もう後ろを押さえる役はいない。浩は地面についた足を使って自転車を前に押し出した。少し弾みがついたところで両足をペダルに載せた。

「ゆっくりでいいからこぎつづけろ」

おきよが声をかけた。浩の腕に必要以上の力が入っているのが見て取れた。でも、あきらめていない。必死にこいでいる。

「曲がる時はハンドルをゆっくり切れよ。少し先を見ながら」

コーチ役のおきよが次々指示を出す。

「そうか、確かにそのとおりだね。そうすればいいんだ」

ピカイチが感心している。

はじめは少しふらついたものの、スピードがのるとすっかり安定した。浩は快調にペダルをこいだ。五周ほど走って、僕らの前で自転車を止めた。

「すごいじゃないか。補助輪一回もつかなかったぞ」

「うん。乗れたんだね」

浩が初めて笑った。

「もう一回やってみな。今のがまぐれじゃないってわかるから」

おきよが真剣な顔で促した。

「わかった。やってみる」

浩はさっきとは違っていきなりペダルをこぎ出した。そしてすぐにもう片方の足をペダルに載せた。その瞬間、ちょっとぐらついたが、すぐにバランスを取り戻し、先ほどよりも上手に回った。

ピカイチが思わず拍手をした。今度は八周して自転車を止めた。

「できたじゃないか。もう大丈夫」

ピカイチがうれしそうに浩の肩をたたいた。

「うん。信じられないけど、乗れたんだね」

「大丈夫、おれたちが証人だ」

僕のことばにうなずくと、浩はおきよの前に立った。

「ありがとう。長谷部さんのおかげでこつがつかめたよ」

そう言いながら、ていねいに頭を下げた。

「……なんだよ。あらたまって」

おきよの顔が真っ赤になった。

「浩、おきよがトマトになっちまった」

「……え？」

「ほら」と指さした時、パシッと音がして僕は後ろ頭を思い切りはたかれた。

そのあと、正式に補助輪をはずしても、なんの心配もなく走れた。そこで、僕らは四人で近所を走ることにした。できるだけ車の来ない広い道を選んで、先頭に僕、次に浩が入り、おきよとピカイチが後ろからついた。いつもはノンストップの交差点も、今日に限りいったん止まって左右の確認をした。

「なんだか自転車に乗った気分じゃないな」なんておきよは言ったが、それでも楽しそうだった。

無事町内一周を終え、喜んだ浩が僕らを部屋に招いた。事情を知って、これまた喜んだ母親がココアとカステラを出してくれた。砂糖たっぷりのココアが湯気を立てている。かじかんだ手に温かなカップがうれしかった。

帰りがけに浩の母親が半ズボンのおきよを見て、

「寒いのに元気ねえ。やっぱり男の子はこうでなくちゃ。浩も見習いなさい」

と言った。浩があわてて、「ママ、長谷部さんは女の子だよ」と話すと、母親は真っ赤になって詫びた。

「ごめんなさいね。あんまりにもたくましかったから」

「気にしないでください。男でも女でも、どっちでもいいんです」

僕が言うと、「おい、のりまきっ!」と、おきよがにらんだ。


「差し入れだぜ」

ケンタとキントンが、いつものように木箱の上にお菓子を置いた。

「わるいな。そんなに気ぃ遣うなよ」

ペタがちょっと困った顔をした。

「いいじゃねえか。あって困るもんじゃないし」

　ケンタが大人のような言い方をした。

　それから三人は桐ヶ丘とは反対の町に出かけた。今回は人気のない踏切を捜し、電車に五円玉をつぶさせて「鉄の団」のバッジをつくった。穴にひもを通し、安全ピンでつけるのだ。これはケンタの発明らしい。

「駄菓子一個分か。ちょっと惜しいな」

　ペタが苦笑いした。

「ま、確かに。でも、バッジもいいだろ」

「まあな」

「服の表側につけちゃだめだぜ。裏側に、……こうして」

　ケンタがやって見せた。

「だよな。さすがに金をつぶしたことがばれたら、ただじゃすみそうにないもんな」

　ペタが同調した。三人は服を裏返してバッジを見せ合った。

「鉄の団、万歳」ケンタが叫んだ。「おれたちの団結はナンバーワンだ」

「アキオなんか怖くないよね」

　キントンがケンタの顔をうかがった。

「もちろん」

ケンタは鼻をひくひくさせながら胸を張った。

「あ、そうだ。こんなこと訊いたら、ペタ、怒るかな？」

ケンタが急に声をひそめた。

「なんだよ？」

ペタがまじめな顔でケンタを見た。

「う～ん。やっぱいいよ」

「気になるじゃねえか。言ってみろよ」

「……わかった。怒らないでくれよ。ちょっと思っただけなんだから」

ペタが真剣な目をしている。ケンタは緊張した。

「ペタとノンさんさあ、本気出したとしたら、どっちが強いんだろうなって」

「……どっちがって？」

「……けんか」

「そんなのわからねえよ。やったことないし」

「別にけんかしてみてくれって言ってるんじゃないぜ。でも、ちょっとそんなこと思い始めると、つい考えちゃうんだよな。どっちが強いかなあって」

「やってみないとわからねえな」

「そうだよな。やってみなけりゃな。でも、おれはペタだと思うけど」

のりまきな日々　二本目

「思うのは勝手さ。でも、そいつはひいきってもんだろ」

「そう。ひいきだよ。だって、やっぱ、おれはペタに勝ってほしいもん」

「おれも」

キントンも口を合わせた。

「おい。なんだよふたりして。けんかしろってのか?」

「ごめんごめん。そうじゃねえよ。つい興奮しちまった」

ケンタが頭をかいた。

ペタはノンさんの顔を思い出した。けんかなんか考えたこともなかった。今までけんからしいことをしたこともない。もちろん、不満がないのではない。でも、けんかにならないのだ。


日曜日は朝から底冷えがしていた。空は厚い雲に覆われて、朝なのに夕暮れのようだった。昼を食べてから、弟の相手をしていると、いつものようにおきよが庭からやって来た。

「よかった。いたいた。ひまか?」

「うん。まあ、ひまだ」

「ちょうどいいや。おれんちに来ないか」

「何するんだ」

「来ればわかる」

「ぼくも行く」と言う弟を振り切っておきよの家に行くと、弥生がいた。

「ほら、弥生ちゃん、のりまき先生が来たぞ」

「わあい。教昭先生だ」

「なんだよ、それ？」

「のりまきが弥生ちゃんに勉強教えることになったんだろ？」

「ええ？　いつ決まったんだよ、そんなこと」

「母ちゃんから聞いたぞ」

「教昭先生、お願いします」

弥生が、持ってきた手提げ袋から算数の教科書とノートを取り出して卓袱台の上に置いた。

「ちょっと待ってよ。一応話は聞いたけどさ、まだ」

「なんだよ。けちけちしないで教えてやれよ」

「けちとかそういうんじゃなくて……」

「じゃあ、決定」

おきよはいつもこうだ。後先がなく、今だけで行動が決まる。

「はい、勉強勉強」

「いいなあ、ぼくも教昭先生がいい」

武志がうらやましそうに見つめている。

「もちろん、武志もいいよな。同じ二年生だし」

僕はめまいがした。せっかくの日曜日だというのに、なんでこんなことになってしまうのか。重い気持ちで教科書を手にすると、脇でおきよがにやにやしていた。

「おぼえてろよ」

「しょうがないじゃないか、みんな期待してるんだから」

「おれが勉強嫌いなの、知ってるだろ」

「ああ、でもおれも嫌いだし」

何言ってるんだよ。話がかみ合ってないよ。ということばは口にしないまま、ぐっと飲み込んだ。のどがからからに渇いていた。

「わるい。水くれないか」

「おやすいご用だ」

おきよが台所に走ると、武志が大きな声を出した。

「ああ、雪降ってる」

下半分が曇りガラスだったので気づかなかったが、窓の外を灰色の雪がさかんに舞い落ちていた。おきよがコップを手にしたまま窓を開けた。大粒の牡丹雪だ。風がないので、まっすぐに落ちてくる。すでに地面が白くなりかけていた。

「また、雪だ」

「おきよ、これじゃ勉強どころじゃないよな」

僕はコップの水をひと息に飲み干した。

「……そうだな」

「外に出ようぜ。雪で遊ぼう」

「勉強しないのか」

「しないんじゃないよ。体育だよ。おきよの得意な」

「まだ遊べるほど積もってないじゃないか」

「じゃあ、図工。雪で何かつくろう」

「しょうがねえなあ」

どっちがしょうがないんだよ、と思ったが、このことばも飲み込んだ。

僕はいったん家に戻り、手袋と襟巻きをした。その姿を見た弟がついてきた。

路地では早くもおきよたちが小さな雪だるまや雪うさぎをつくっていた。弥生がピンクの毛糸の帽子をかぶっている。てっぺんにぽんぽんのついたかわいい帽子だった。

「お母さんがつくってくれたんだよ」

「へえ、手づくりか」

「手編みっていうんだよ」

「のりまき、しっかりしろよ」

おきよが僕の肩をたたいた。やっぱ、勉強を教えるのはむりだな。ますます気持ちが重くなってきた。

おきよがどこからかナンテンの実をたくさん持ってきた。弥生はそれをうさぎの目にした。


ペタ、ケンタ、キントンは午前中本部で焼き入れをしていた。これはペタの発案。ちょうど火鉢の炭があったので、それで棒手裏剣を赤く熱し、水に入れるのだ。これはもちろん、鉄を強くするために始めたのだが、焼き入れそのものがおもしろくなり、何度も何度も繰り返して遊んだ。それから、キントンが家から持ち出してきた砥石を使って刃を研いだ。手裏剣のにぎる部分にはさらしを細く裂いてしっかり巻きつけた。そのあとツリーハウスに来たのだった。

「刃が鋭くなったから、これでダーツしないか」

「なら、余った板でボードつくるか」

ペタが言うと、

「そうだ、思い出した。おれ、アキオにダーツのボード預けっぱなしだ」

急にケンタが大きな声を出した。

「あったね。おれも覚えてる」とキントンも同調した。「返してもらおうよ」

「今アキオに言ってもむりじゃねえか」

ペタが穏やかに止めた。

「でも、おれの物なんだぜ」

「ま、むりしないで、つくっちまおう」

　ペタは大きめの板を二枚手にした。

「待てよ。確かアキオんちの物置にあるはずだから、外からでも入れる」

　ケンタのことばをペタは理解できなかった。それに気づいたケンタが説明を始めた。

「アキオんち、知ってるだろ？」

「ああ、道路沿いの大きなうちだよな」

「そう。その裏道の側に大きな古い物置があるんだ」

「背の高い木がたくさんあるところか」

「そうそう。そこにある古ぼけた建物が物置なんだ」

「ああ、あれか」

「実は、外から入れるんだ。塀に登ると、ちょうどそこに窓があってな」

「鍵は？」

「そんなもんねえよ。どうせがらくたしか置いてねえんだから」

「ケンタ、入ったことあるのか？」

「もちろん。なかで遊んだこともある」

「遊べるのか？」

「いや、宝探し。なんかおもしれえ物ないかって」

「へえ、いいもんあったの？」

キントンがにこにこしながら訊いた。

「いや、くだらない物ばかりさ。古い皿とか、木箱とか。でも、そこにダーツの道具を置いたのは確かなんだ」

「なんでそんなとこに置いてきちゃったんだよ」

「おれが貸してやったんだ。アキオが遊びたいって言うから」

「そうか」

「そう。だから今から取りに行こうぜ。そっと入って、ダーツのボードだけ持って、また、そっと出てくればばれねえよ」

ケンタは自信満々だった。

「それもそうだな。じゃあ、行くか」

「お、また雪だ」

ツリーハウスから顔を出したペタが声を上げた。

「ほんとだ。随分降ってるね」

「積もりそうだな」

はたけを出て、三人は自転車で雪のなかを走り出した。

神社の隣に小さな池がある。弁天様をまつってあるらしい。池の周りはかなり広く、子どもたちの遊び場だ。

「先攻はおれたちな」

アキオがジャンケンに勝った。三角ベースが始まった。ノンさんやガン助、カズ坊は守備についた。ピッチャーイソッチョの第一球をアキオは思い切り打った。大きなフライだ。ボールを目で追っていたガン助が中空で目を止めた。

「あれ、また雪だ」

アキオはランニングホームラン。ガン助がボールを拾ってくるまでのわずかな間に、雪は本降りになった。

「すごい。随分急に降ってきたね」

打席についたせいちゃんが空を見上げた。

「雪のなか、ゲームは続行されています」

アキオがテレビのアナウンサーを気取った。しばらくは雪にも負けずにつづけたが、手袋も帽子もないので、髪の毛が濡れ、首筋が気持ち悪くなってきた。

「ちょっとこれはひどくないか」

ノンさんが髪に手を触れながらアキオに声をかけた。

「だめかあ。……白熱したゲームでしたが、残念ながら、雪のためノーゲームとなりました」

アキオが実況中継を終えたあと、「おれんちで遊ばないか?」とみんなを誘った。アキオの家は旧家なので、古くはあるが、部屋はたくさんある。みんな異存はなかった。

「ピカイチのサンダーバードコレクション、さらに広がりそうだね」

遠慮がちだった浩が、ようやく「ピカイチ」と呼ぶようになった。ピカイチはそれがちょっとうれしい。

「今度見においでよ」

手にした模型の箱をかざしながらピカイチは言った。昭和堂を知らなかった浩に、「一回行ってみようよ。きっと気に入るから」と何度か誘い、今日、ようやくふたりして出かけたのだ。

「ぼくはサンダーバードはよくわからないけど、鉄道模型のHOゲージがあれだけ置いてあったのには驚いたよ」

「そう。見てるだけでもわくわくしちゃうだろ」

「デパートよりたくさんあるかもしれないね」

店の脇に置いた自転車にまたがった時、「へえ、また雪だ」とピカイチが顔を上げた。

「今年はよく降るね」

浩も自転車にまたがり、胸を反らした。あっという間に本降りになったなかを、ふたりは自転車をこぎ出した。

ペタたちがアキオの家の裏に着いた頃には、あたりはすっかり雪景色になっていた。三人は自転車を止めた。

「すごい雪だな。さっさといただく物をいただいて帰ろうな」

ケンタの言いようが盗賊のようだった。大谷石の塀はあちらこちら穴が開いたり、崩れたりしていた。だから、手がかりには不自由しない。ケンタが真っ先に登り、窓に手をかけた。

「ほらな。やっぱ開いてる」

「やったね」

キントンがつづき、最後にペタが入った。なかは暗く、外の白さがまぶしかった。目が慣れるのに少し時間がかかった。内側には古い家具がいくつか置かれてあったので、ペタたちはその上に降りた。

「もっと下だ」

ケンタが棚や茶箱を伝って器用に降りた。

「あった。思った通りだ」

その声を聞いて、キントンがケンタに顔を向けた。その拍子にキントンの左足がすべり、棚板を踏み外した。どさっと音がしてキントンが床に落ちた。そのあとを追うように積まれてあったペンキやラッカーの缶が崩れ落ちた。にぎやかな音が物置一杯に響き渡った。ペタは思わず目を閉じた。

アキオたちが門を入った時だった。大きな音が聞こえてきた。降る雪のためしんとしていただけに、それははっきりと耳に届いた。

「なんだ？」

「裏の方みたい」

カズ坊だ。

「裏？　庭か？」

アキオが自転車のスタンドを立て、母屋の裏側に回った。みんなもつづいた。

「庭には、特に変わったことはないよな」

澄ました耳に、缶が転がるような音がかすかに響いた。

「物置かも？」

せいちゃんが低い声でささやいた。

「……まさか、ドロボウ？」

ノンさんが眉を寄せた。アキオは竹箒を手にした。そして、物置の扉に近づいた。

「誰だ、なかにいるのは？」

かすれた声だった。

「誰かに聞かれたかも。早く出よう」

ケンタがペタの脇を抜けるようにして家具に登った。

「ケンタ、足がいてえ。くじいたみたい」

キントンが泣きそうな声を出した。

「しっかりしろよ。立てるだろ」

ケンタがきつく言い放つ。

「どんな具合だ?」

ペタが下に向かった。その時、外からかすれた声が聞こえてきた。

「誰だ、なかにいるのは?」

「やべえ、見つかった」

ケンタが顔色を変えた。ペタは扉の内側に目を向けた。その瞬間、白いまぶしい光が射し込んできた。

アキオとノンさんが両開きの扉を引いた。ごろごろと重そうな音を立てて扉が動いた。

「……ペタ」

ノンさんが絶句した。

「どういうことだ」

アキオが混乱している。ようやく目が慣れたペタは、外に並んだ顔ぶれを見て観念した。

「ケンタ、またおまえかよ。今日はドロボウか」

アキオが竹箒を投げ捨てた。

「おれは自分の物を取り返しに来たんだ。ドロボウじゃねえ」

ケンタがダーツのボードを掲げてまくし立てる。

「言い訳はするなよ。こんなことするのはドロボウしかいないだろ！」

アキオが真っ赤になった。

「どうしてペタまで？」

その隣でノンさんが訊いた。

「確かに言い逃れはできねえな。それは認める。でも、ケンタの言い分も聞いてやってくれねえか」

ペタがアキオに顔を向けた。

「あのなペタ、こいつは大うそつきの狼少年ケンタだぜ。言い分もへったくれもあるかよ」

アキオやノンさんの頭、肩に大粒の雪がずんずん積もっていく。白髪の老人のようにも見えた。

「とにかく出てこいよ」

アキオのひと声に、まずペタが外に出た。ケンタも渋々出てきた。キントンは足を引きずっている。

「さあ、どうする」

そう言うアキオにはかまわずに、ペタはノンさんに顔を向けた。

「ノンさんはどう思う？」

「……おれには詳しいことがわからないから、なんとも言えない」

「アキオの肩をもつ訳じゃねえよな？」

「どっちの肩をもつとかじゃなくて、この場はまずあやまった方がいいと思う」

「あやまる？　ダーツのボードはケンタの物なんだぜ」

「ボードのことじゃない。勝手に物置に入ったことだ」

「おれだってドロボウのまねなんかしたくはねえよ。でも、ケンタもアキオもまともに話し合えないところまで来ちまってるんだろ。だから、仕方なくこうしたんだ。ノンさん、わかってくれるよな」

　ペタが上目づかいにノンさんの顔をうかがった。ノンさんは黙ったままだった。

「話し合う余地なしか」

　ペタがつぶやいた。

「余地なんてはじめからない」アキオが怒鳴りだした。「ケンタをかばっても得はないぜ。どうせそいつの口車に乗せられたんだろ。おれはペタだけは見逃してもいいと思ってるんだ。な、ノンさんもそう思わねえか？」

　ケンタとキントンが不安そうにペタを見つめた。

「おれだけ……」

ペタはにやついているアキオに目を向けた。

ノンさんが一歩前に出た。

「ペタ、意地を張るなよ」

そのことばにペタはノンさんをにらんだ。

「ノンさん、悪いけど意地は通すぜ。おれたちにも思いはあるからな」

「……おれたち？」

つぶやくような声でノンさんが言った。ペタがはっとした。だが、すぐに「あやまらないって言ったらどうなるんだよ」とアキオを一喝した。開き直ったペタの姿にアキオの怒りが増した。

「おまえもケンタと一緒か。なんだよその態度は」

「ペタ、とにかくまず落ち着こうぜ」

ノンさんがかばったが、ペタは引かなかった。ケンタがほっとしているのをノンさんは目にした。

「どうするよ、アキオ。あやまらないって言ったら、おれたちをどうするつもりだ。警察を呼ぶのか。それとも、また、決闘か」

そのひとことが突破口になった。

「……わかった。決闘。オッケーだぜ」

アキオがうなるような低い声で答えた。

「アキオも落ち着けよ」

ノンさんがあわてている。

「ノンさん、こんなに言われ放題言われて我慢できるか？　おれはできねえ。別にノンさんに助けてもらおうとは思ってねえよ。今度はおれの意地だ」

興奮するアキオに向かってペタはさらに、「よし、今からやるか」と、ふっかけた。

「場所はここじゃねえ。はたけで決着だ」

「いいぜ。どこでも」

「帽子も手袋もないから、今から支度して、すぐにはたけに来いよ」

「わかった。ケンタもいいな」

ペタが顔を向ける。青ざめたケンタが大きくうなずいた。

積もり始めた雪のなかでみんなはいったん解散した。


弁天様の池を過ぎ、その先の四つ角でピカイチは自転車を止めた。浩とはここで別れるのだけど、あまりの雪に心配になった。

「おいら、浩んちまで送るよ」

「大丈夫だよ。ゆっくり行くから。これ以上遠回りしたら、ピカイチがずぶぬれになって風邪引いちゃうよ」

「風邪なら大丈夫。おいらはお肉たくさんだからね」

そう言ってピカイチは自分から笑ってみせた。

結局浩の社宅の近くまで一緒に行き、そこで別れた。ピカイチが家に向かってまもなく、カズ坊と出会った。随分と思い詰めた顔つきだった。

「あれ、カズ坊」

「……え、ピカイチ?」

お互いに雪まみれですぐには顔がわからなかった。

「すごい雪だねえ」

並んで走りながら、ピカイチがのどかに話しかけた。

「のんきだなあ。大変なんだよ。アキオとペタが決闘することになったんだ」

「決闘? また、浄水場で」

「いや、今度ははたけ。ノンさんも加わるかもしれないんだ」

「……」

「ノンさんとペタが戦うことになるかもしれないんだよ」

ピカイチはバランスを失って、自転車ごとブロック塀にもたれかかった。

「なんで、ノンさんとペタが」

「勢いって言うのかな。とにかく一戦交えることになっちゃったんだ。ピカイチも早く来いよ。じゃあ」

ピカイチは目の前がぐらぐらしていた。とにかく自転車を起こしたところで、「のりまきに知らせなきゃ」と声が出た。

雪にタイヤをとられ、何度も転びそうになりながら、それでも急いで路地の入り口までやって来た。

雪はさらに激しくなった。僕たちはちょうど雪だるまをつくり終えたところだった。弟と同じ背丈の雪だるまができた。

「今日からこれがおれの弟」

雪だるまの頭を押さえながら僕がかまうと、

「じゃあ、ぼくはどうなるのさ」

と弟が僕の背中を拳でたたいた。その姿を見てみんなで笑っているところに、「のりまき〜」

と叫ぶ声が聞こえた。

僕は路地の入り口を振り返った。一瞬もうひとつの雪だるまが自転車に乗ってやって来たのかと思った。おきよも弥生もみんな、目を丸くするだけだった。

「大変なんだ。すぐに来ておくれよ」

「あれ、なんだピカイチか」

「そう、おいらだよ。ノンさんとペタが決闘することになっちゃったんだ」

「なんだとっ！」おきよがピカイチに駆け寄った。「どういうことだ」

雪まみれのピカイチの肩を激しく揺さぶった。

「おいらもよくわかんないんだよ。今カズ坊から聞いたばかりだから」

「場所は？」

「はたけ」

「よし、行こう」

「おいら、家に戻って帽子取ってくるよ」

「帽子？　麦わらでよければあるぞ」

そう言うとおきよは走って家に戻り、薄汚れた大人の帽子を持ってきた。

「……ええ、これ？」

「ないよりましだろ。とにかく急ごう」

麦わら帽子をかぶったピカイチは買ったばかりの模型をおきよに預け、自転車を路地の隅に置いた。僕ら三人は走ってはたけに向かった。


はたけの入り口、有刺鉄線のゆるんだ穴近くに、たくさんの足跡が乱れていた。

「もうみんな来てるみたい」

僕はおきよとピカイチに声をかけた。ふたりともうなずいた。急に震えがおそってきた。雪と寒さのせいじゃない。これは浄水場の決闘なんかとは訳が違うんだ。

前山に出た瞬間、アキオの甲高い声が聞こえてきた。

「取っ組み合ったっていいんだぜ」

ノンさんもペタも、一瞬僕らに目を向けたが、なんの反応も示さなかった。

「それじゃ、はなっからけんかだな」

ペタがにやっと笑った。ケンタは笑っていなかった。

「でも、それじゃ決闘じゃねえ。おれに考えがある。聞く気あるか？」

アキオが提案した。

「どんな？」

「雪合戦で決めるんだ」

「なんだよ、雪玉投げ合うのか？」

「ルールのある投げ合いだ」

アキオの言う雪合戦とは、同じ広さの陣地をつくり、ふたり組で闘うものだった。陣地内には玉よけの壁はつくる。ただし、壁も雪玉もすべてその限られた陣地の雪でまかなうのだ。雪がなくなるまでに当たった回数の多い方が負けとなる、というものだった。

「どんなことがあっても陣地から出るのは反則だぜ。その時点で負けだ」

「わかった。それで、勝ったらどうなるんだ」

「おれたちが勝ったら、きっちりあやまってもらう。あわせて自分たちがやってきたことをみんなに話せ。もしもおれたちが負けたら、今日のことも今までのことも全部なかったことにする。それでどうだ?」

アキオが一気にまくし立てた。

「わかった。おれはそれでいい」

ペタはそう答え、「ケンタ、何か言いたいことあるか?」と確かめた。ケンタは首を横に振るだけだった。

「じゃあ、当たった数を数える役を誰かにやってもらおう」アキオが周りを見回した。「せいちゃんとカズ坊、頼む」

「わかった」

ふたりとも真剣な顔つきでうなずいた。

雪はますます激しく降り積もっていく。風がないので助かるが、あまりの多さにちょっと息苦しいほどだ。

陣地が決まり、玉よけの壁もできた。いよいよ決闘が始まる。

「……ノンさん、……ペタ」

僕は思わず声に出した。おきよが僕の肩に手を置いた。僕らにはもう見守ることしかできないのだ。

「準備いいかい？」

せいちゃんが訊いた。アキオ、ノンさんも、それにペタ、ケンタもうなずいた。降る雪と同じぐらい静かな時が流れた。本当にこれから決闘が始まるとは思えないような。

でも、せいちゃんが腕を高々と上げて宣言した。

「決闘、開始」

早速雪玉が飛び交い始めた。でも、お互いに手で払ったり、身をかわしたり、案外当たらないものだ。ノンさんとアキオはそれぞれに雪玉をつくり、独立して闘っていた。一方ペタの方は、もっぱらケンタが玉をつくり、それをペタがひたすら投げていた。

この差は時間が経つに連れて現れてきた。流れ作業の方が効率がいい。アキオが雪玉をにぎっているすきに、ペタの投げた玉が体に当たった。ノンさんも一回当てられた。

「ノンさん、ちょっと待て。おれたちも分業にした方がいいかもしれねえ」

そんなことを言っているうちにも肩口を雪玉にねらわれた。

「わかった。なら、おれが雪玉をつくろう」

「頼む」

そこからはペタとアキオの投げ合いになった。どんなに速い玉でも、じっくり見ながらなら、よけたりかわしたりはそれほど難しいことではない。ペタたちが優勢のまま、けっこうな時間が過ぎた。

しかしそれから間もなく、ペタが雪を投げる瞬間に、控えのノンさんが意表を突いて投げた玉がペタの腹に当たった。さらにかがんだところで、アキオの玉を足に受けた。これで三対二となった。

「ペタ、大丈夫かよ。追いつかれちまうぜ」

「心配するな。まだこれからだろ」

ペタは慎重に行動した。両陣営ともうかつに玉をくらうことがなくなった。脇にいるケンタがペタを見上げながら声をかけた。

「ノンさんは背が高いから、アキオに玉を渡すとき、壁から体が出てるよな。そこがねらい目じゃねえか」

そう言われてペタはあらためて相手側を見た。ペタは飛んでくる雪玉を避けながら、ケンタの考えを確かめた。

「確かに。よし。ノンさん、悪いけどこの勝負もらったぜ」

ペタが声に出した。

「そうこなくっちゃ」

ケンタがうれしそうに雪玉を差し出した。しかし、ノンさんをねらうためにアキオから目がはなれがちだった。そこをつかれて肩に当てられた。雪玉は思いきりかためられてあったので、思わずペタは肩を押さえてかがみ込んでしまった。

「今だ」

アキオがさらに攻撃をくわえる。ペタは肩を押さえながら、それでも顔はしっかりアキオに向けて痛みをこらえた。そのうちにアキオの玉の補給が間に合わなくなった。ノンさんが一生懸命つくって手渡す。急いでいるので、体を隠すことに意識がいかなくなっている。ペタの顔が一瞬輝いた。それほど大きくはないペタの体が弓なりに反った。腕が想像以上に大きな弧を描いた。

雪玉が一直線に飛んでいく。当たった瞬間、重く鈍い音が響いた。額を抑えたノンさんが雪壁の陰に倒れた。

「やったあ」

ケンタが飛び跳ねた。ペタも一瞬笑顔をみせたが、それはすぐに消えた。アキオがノンさんに声をかけた。少しして立ち上がったノンさんは、手でこめかみ付近を押さえていた。手袋にしみた血がほおを伝い、あごまで流れ落ちていた。

「なんでこんなに血が?」

アキオが心配そうに見つめる。せいちゃんとカズ坊が走り寄った。ケンタの顔が青ざめた。そのケンタを横目に、僕も走ってノンさんたちのところに行った。

眉毛の端辺りがぱっくり割れている。たかが雪合戦で、なぜ……?　そんなことを口にしようとした時、アキオが足元から何かを拾い上げた。アサリほどの大きさの丸い石だった。

「どういうこと?」

ピカイチが石を見つめている。

「雪玉に入れたんだろ」

せいちゃんが答えた。

アキオが怒りを通り越して、むなしそうな顔つきになった。

「わざとだな…」

手にした石を掲げてアキオが言った。

「…石?」

ペタが驚いている。それからゆっくりケンタを見下ろした。

「おれは知らねえ。わざとじゃねえよ」

ケンタはおどおどしている。雪玉をつくっていた場所を見ると、地面がのぞいていた。

「おまえら、まともに決闘もできねえのかよ」

そう言い捨てると、アキオはノンさんの腕を取って道路の方に歩き始めた。

「ちょっと待ってくれ。どういうことなんだ」

ペタが近寄ってきた。せいちゃんが進み出てペタの前に立った。

「見たろ、石だよ。雪玉に石が仕込まれていたんだ。ノンさんのケガはちょっとひどい。今日は

ここまでだね」

「ペタ、わりい。夢中でつくってたから気がつかなかったんだ」

後ろからケンタの声がしたが、ペタは呆然とノンさんの後ろ姿を見ていた。僕とおきよはノンさんに近づき声をかけた。

「大丈夫か?」

「ああ」

うつむいたままのノンさんが答えた。血にぬれた手袋に新しい雪が積もり、赤いざらめのようだった。

僕、おきよ、ピカイチが見送るなか、アキオとノンさんは帰っていった。ふたりの自転車はせいちゃんやカズ坊たちが手分けして転がしていった。

前山にはペタとケンタ、キントンが残った。雪道を去っていく自転車の音が遠ざかると、底深い静けさに取り巻かれた。三人とも何も言わなかった。

「おきよ、これありがとう。思っていたよりもうんとよかった。つばが広いっていいね」

別れ際にピカイチが麦わら帽子をおきよに返した。

僕はおきよと路地の入り口まで来た。弥生や武志、それに弟の義和はもういなかった。雪があまりにひどいので家に入ったのだろう。

「これからどうなるんだ」

おきよがぽつんと言った。

「……わからない。何もわからないよ」

それから僕たちは、黙ったままそれぞれの家に向かった。


家が近づくと、弟が飛び出してきた。

「やっと帰ってきたのね。いったいいつまで遊んでるの？　宿題は？」

弟は母さんの口まねをした。僕が何も言わないと、「こら、ちゃんと話を聞いているの？　返事は」と調子にのってからみついてきた。

「うるさいな。ちょっと黙ってろよ」

僕は弟を引きはなすつもりで軽く押した。しかし、弟はそのはずみで雪のなかに倒れた。うつ伏せだったので顔が雪まみれになった。おまけに口や鼻にも雪が入った。僕は助け起こさなければいけないと思ったが、なぜかそのまま突っ立っていた。

「お兄ちゃんが押した。顔が冷たい」

弟が大声でわめいた。

「たいしたことないだろ。自分で起きろよ」

「冷たすぎて起きられなあい」

腕をじたばたして騒いでいる。仕方ないので、かがんで手を引こうとしたら、弟はこっそり握っていた雪を僕の顔面に投げつけた。今度は僕の口に雪が入った。一瞬息が詰まったその時、「仕返しだ」という声が聞こえた。僕は熱くなった。気がつくと、手のひら一杯の雪の固まりを弟の顔に押し当てていた。そして、さらに大きな固まりを背中に押し込んだ。これは効いた。一瞬にしてうそ泣きが本物になった。

「何してるの、ふたりとも。大きな声出して。みっともない」

勢いよく開いた玄関の扉の向こうに母さんがいた。

「お兄ちゃんが背中に雪入れたぁ」

弟がすかさず母さんの腰にしがみついた。母さんが背中をのぞき込む。確かに雪がいっぱい詰まっている。あわててかき出しながら、「なんてことするの?」と僕をにらんだ。

「こいつがしつこいからだよ」

「風邪でも引いたらどうするのよ。お兄ちゃんのくせに、そんなこともわからないの?」

「これくらいで風邪なんか引かないよ」

「よくそんなことが言えるわね」

「いつも、お兄ちゃん、お兄ちゃんって、母さんこそずるいじゃないか。ぼくの話も聞いてくれよ」

「弟の背中に雪入れるようなことしておいて、どんな言い訳をするつもり?」

「わかったよ。悪いのはみんなぼくなんだ。ぼくなんかいない方がいいんだろ」

「何その言い方は？　お母さんそんなこと言ってないでしょ」

「言ってなくても、きっとそうなんだ。悪いのはいっつもぼくなんだよな」

「いい加減にしなさい」

母さんが僕の頭をたたいた。弟がにっと笑ったのが目に入った。頭に血が昇っていく。僕は路地の雪だるまを蹴り飛ばした。何度も何度も蹴っているうちに頭が砕けた。

「ああ、ぼくの雪だるま」

弟がわめいた。

「教昭。なんでそういう意地悪をするの。そんな子はうちに入れないわよ。義和にあやまりなさい」

僕は母さんの怒った顔を見つめた。

「……わかったよ。出て行くよ。出て行けばいいんだろ。出ていけば」

気がつくと僕は走っていた。興奮で頭がぐらぐらする。こんな状態のまま走っていると、また鼻血が出てしまうかもしれないと思った。でも、なかなか走ることをやめられなかった。もちろん母さんが追ってくる気配はないし、たとえ追いかけられても、捕まる訳はない。それはわかっているのだけれど。

広い交差点まで来てようやく立ち止まった。車は一台も走っていない。じっくりあたりを見回してみて、そこが浩の社宅の裏手だとわかった。この先はお屋敷町がつづく。

僕は息を整えてから歩き始めた。とにかく家とは反対の方角にひたすら歩いた。ふだんあまり来ないところだから、景色が新鮮だ。おまけに雪化粧をしている。

見知らぬ踏切を越え、さらにだいぶ歩いて大きな長い坂の上に出た。遠くの景色が一望できた。

雪はようやく小やみになってきた。西の空がほんのりピンク色に染まっている。雪雲が切れてきたのだ。僕は立ち止まったまま、しばらくその空を見ていた。

「あ、大きな雪だるま」

小さな子どもの声がして僕は振り返った。通りすがりの母子が大きな家の玄関先にたたずむ雪だるまを見ていた。

「ほんと、大きいわねえ」

幼い女の子はしっかりと母親の手を握っていた。

「おうちに帰ったら、あたしもつくりたい」

「そうね、帰ったらね」

そう言いながら、母子は去っていった。僕はその姿を黙って見つめていた。坂の向こうの空がさらに焼けてきた。雪は完全にやんだ。

今日という日が終わる。

見知らぬ公園、見知らぬ学校、見知らぬ広い団地を越していくうちに、夕闇に包まれた。風が冷たい。手袋をしていてもなんだか凍える。

街灯が灯り始めた。雪がやんだので、あちらこちらから雪かきの音が響いてくる。見上げると雲が青く透けていた。しかし、それもまもなく見えなくなり、暗くなった。

ふと、見覚えのある景色に出会った。羽尾の空き家だった。いや、正確には、夏までは空き家があったところだった。今はやたら広い更地になっている。僕は正直ほっとした。ここから家までならちょっとがんばれば帰れる。

「家に帰る？」

やっぱり帰るしかない。さんざん歩いたことで、僕の心は少し素直になっていた。もう意地を張るのはやめよう。張ってもしょうがない。そんな気持ちになってきた。

薄暗い地蔵屋敷の角を曲がり、広い道路に靴跡を残しながら歩いた。暗がりに雪道だけがぼんやり白い。

次の角まで来ると、そこから先には車の轍がたくさんあった。家も増えて、駅に近づいてきたのがわかる。でも、ひとはほとんどいなかった。

そこを老人がひとり歩いていた。きいんと冷えた宵なのに、まるで家のなかにいるような薄着の格好のままだ。よく見ると、光男のじいさんだった。

「……原爆じいさん」

じいさんはうつむき加減に歩きながら、何やらつぶやいていた。

「ねえ。光男のじいさんだろ」

僕は二の腕をつかんだ。僕より背は高いが、干からびたように細いので、大きくは感じない。

「おまえにもわかるだろ」

しゃがれた声が聞こえた。

「……」

「あと少しだ。あとひと息で床下の原子爆弾を掘り出せるんだぞ」

「ねえ、それより、どうしてこんなところにいるの？」

じいさんが濁った目を向けた。もちろん僕を見ているのではない。もしかしたら、この目のなかではまだ戦争がつづいているのかもしれない。

「こんな格好じゃ風邪引くよ」

僕は腕をつかんだ手に力を入れた。じいさんは思いのほか素直に従った。このまま光男の家に寄ることにした。


広い門のところに家人がいた。僕らを見て若い女性が駆け寄ってきた。

「おじいちゃん。よかった」

後ろから光男も出てきた。

「のりまき。どうして？」

「あ、いや、ちょっとおつかいの途中で」

僕はあわてて言い訳をした。まさか「家出の途中」とは言えないからね。

「光男、お友だち？」

母親らしいひとの声がした。

「同じクラスののりまき」

「あらそう。助かったわ。本当にありがとう」

「いやあ、たまたまですから、気にしないでください」

僕は自分でもよくわからないまま、夢中になってしゃべっていた。

「感謝だよ、のりまき。おじいちゃん、急にいなくなっちゃってさ。家じゅう大騒ぎになっていたんだ」

「そうか、それは大変だったね。でも、よかった。じゃあ」

「あら、ちょっと待って。少しだけどおリンゴ持っていってちょうだい」

「いや、いいんです。気にしないでください」

「まあ、いいじゃないか、のりまき」

「いや、ほんと。いいから。いいんだよ。じゃあ」

僕は走って光男の家をあとにした。

「庭を道がわりにしているんだから、これくらいは気にするなよ」

もしも、おきよならそんなことを言うかもしれないな。なんて想像すると、笑いが込み上げてきた。

でも、いよいよ家への路地の入り口が近づくと笑いは消えた。心臓が鼓動を大きくしたのがわかった。立ち止まったまま、次の一歩が出ない。勤め帰りのひとが時折後ろを通り過ぎていく。

僕は息を詰めて歩き出した。路地の入り口に来た。遠くに街灯のあかりが見える。その下にひと影があった。

「……母さん？」

息が止まる思いをこらえて、凍りかけた雪を踏んで歩きだした。

それはまちがいなく母さんだった。ザクザクと響く音だけを意識しながら歩きつつ、いつしかうつむいていた。それでも、まもなく母さんのサンダルが目の前になった。僕は腹をくって顔を上げた。母さんの顔が怒っている。

「えっ？」

よく見ると目が光っていた。でも、確かめる間もなく、力一杯頬を張られた。そして、思いきり抱きしめられた。

「どこに行ってたの？　心配ばかりかけて」

涙声の母さんに、「だって、母さんが…」と言いかけたが、それはことばにならなかった。強い力で抱きすくめられた僕はいつのまにか涙を流していた。その涙と鼻水で顔はぐしゃぐしゃになった。気づいたらかすれた声が出ていた。

「……ごめんなさい」

早春の流れ星

夕食を終えて外に出た。街灯の下に雪が融け残っている。すっかり凍りつき、踏むとぱりぱりと乾いた音がした。路地を抜け、広い道に出て少し行ったところに、街灯も家のあかりも届かない一角がある。そこまで歩いて、僕は真っ黒な空を見上げた。

「よしっ」

思わず声が出た。冬の星座が勢揃いしていたからだ。

「図鑑で見たとおり！」

ひとつため息をついてからスケッチブックを開いた。目が慣れるのを待って、星の並びを写し始めた。ときどきかじかんだ手を口元に持ってきて息を吹きかける。空気はきいんと冷えていた。

「あれ、のりまきか？」

突然声をかけられ、体がぴくっと跳ねた。暗がりに子どもが立っている。

「えっ、もしかして、おきよ？」

「ああ」

「どうしたんだよ。こんなところで」

「風呂の帰りだ」おきよが手にした洗面器を掲げて見せた。「それより、のりまきこそこんな暗いところで何してんだ？　立ちションか？」

「ち、ちがうよ。そんなことしてねえよ」

「じゃあ、なんだよ」

「……星の観察だよ」

「……星？」

おきよが空を見上げた。

「ほんとだ。一杯あるなあ」

「だろ」

「でも、こんなもん観察してどうするんだ」

「スケッチする」

「ふうん。ご苦労なことだなあ」

「手がかじかんできついけど、でも、おれの夢は宇宙旅行だからさ。今からしっかり研究しておかないとな」

「なるほど。そりゃそうだ」

「あの赤い星」

僕が指さすと「どれどれ」と言っておきよが隣に体をくっつけてきた。ほんのり石けんの匂いがした。

「あの星の光が地球に届くまでに、光の速さで六四〇年もかかってるんだって」

「……どういうことだ？」

「つまり……、それだけ遠いってことさ」

「へぇえ」

「ロケットから見たら、もっときれいなんだろうなあ」

「そうだな。いいなあ。おれも行こうかな」

「ああ、来いよ」

僕は気をよくして思わずおきよの肩をたたいた。

「そういえば、のりまきは理科だけは4だったよな」

おきよが洗面器を持ち替えた。

「なんの話？」

「通信簿」

「…なんで知ってんだよ！」

「見た」

「いつ？」

「二学期の終わりの日に、先生が机の上に通信簿を置いたまま、ちょっと出て行った時があったんだ。そのすきにな」

「ええっ？」

「のりまき、2もいくつかあったろ」

暗がりでにんまりしている。

「ひでえなあ、見たのはおれのだけか？」

「いや、ほぼ全員見たな」

「じゃあ、ピカイチは？」

「2がいくつもあった」

「ノンさん」

「体育が5だ。あとはまあまあ」

「なるほど。やっぱりな」

「ペタは？」

「ペタも体育は5だった。ほかもけっこうよかったぞ」

「あいつ頭いいもんな。ところでおきよは」

「おれか？　おれのは内緒だ」

「おい、ずるいぞ」

おきよは「ふふふっ」と笑ったあとで、「体育は5だ」と言った。

「そんなのわかってるよ。ほかの科目を教えろよ」

「やだ」

「言わないと宇宙旅行連れて行かないぞ」

「それは困るな。……じゃあ、かわりに一番頭のいいやつを教えてやろうか」

「えっ、ほんと?」

気がつくと、いつのまにかおきよのペースに乗せられていた。

「誰だよ」

「誰だと思う?」

「……純太郎か、てっさんか、朝代もいるし、道江だって賢いよなあ」

「おい、のりまき、大事なひとを忘れちゃあいませんか、ってんだ」

「森の石松かよ」

おきよはまた「ふふふっ」と笑った。

「ああ、そうか。トモっぺだ」

「当たり」

「そんなにすごいのか」

「体育以外5だった」

「さすがだな。……そうだ、弥生ちゃんの家庭教師、トモっぺに頼んだらどうだ。おれじゃむりだよ。2もあるし」

「なるほど。やってくれるかな」

「おきよから頼んでみろよ」

　これは我ながらいい考えだと思った。


「清美、まだこんなところにいたのか。風邪引くぞ」

　おきよの父親が弟の武志と一緒に風呂屋から戻ってきた。

「のりまきに星のことを教わってたんだ」

「こんばんは」

　僕はていねいに頭を下げた。おきよの父親も挨拶を返してくれた。

「のりまきお兄ちゃん、寒くないの？」

　武志が訊いた。

「寒いよ。でも、大事な研究だからね」

「研究？」

「すごいんだぞ。のりまきは将来宇宙に出かけるんだ。そのための研究なんだ」

「ほんと？　すごいや」

「おれも行くかもしれない」

「お姉ちゃんも?　いいなあ」

「武志も行くか?」

「うん。ぼくも行く」

「よし、みんなで行こうぜ。そういうことだ。よろしく頼む」

おきよが僕の背中をぽんとたたいた。

「ああ、うん。」

僕は少し気が重くなってきた。スケッチブックを閉じて、おきよたちと一緒に路地の角まで戻った。そこで「バイバイ」をし家に帰った。


僕はロケットに乗っていた。操縦席の窓には数え切れないほどの星や星雲。ついに宇宙の果てにたどり着いたのだ。

「ここか。おれが人類で初めて確かめたんだな」

窓を開け、手を伸ばす。しましま模様の壁はゴムのようにやわらかかった。

「ついに夢が叶ったぞ!」

僕は叫んだ。そして、目が覚めた。夢だった。

「だよな。宇宙の果てがふにゃふにゃした壁だなんて、ありえないよな。おまけにしましまだろ」

僕は布団に座ったまま毒づいた。

「こんなまぬけな夢見てるようじゃ、まだまだ研究が足りないんだ。もっとがんばらなくちゃ」

「教昭、起きたの？　早く仕度してご飯食べなさい」

母さんに言われて、渋々立ち上がった。


学校でもこの夢の話はおきよにはしなかった。言ったらきっとばかにされると思ったからだ。そのおきよはいつも通り校庭で「ひまわり」に熱中していた。遠目に見ると、ノンさんの姿がひときわ目立つ。背が高いところにきて額に大きな包帯を巻いているからだ。まるで、戦争もののドラマで見た特攻隊だ。ペタとの決闘で石の入った雪玉をまともにくらったのだから、休まずに学校に来ているだけでもすごいのだろう。

僕はペタの姿を捜した。やはりここにはいなかった。教室でもふたりは口をきいていない。適度な距離を保ちながら、それ以上はけっして近づかないのだ。

ところで、今日は日直。朝から忙しい。窓を開け、電気をつける。それから黒板を掃除して日づけや予定を書き込む。つづいて廊下のバケツの水も入れ替えなくちゃならないし、この時期限定の季節労働、ストーブの燃料コークス運びがある。

もうひとりの日直は朝代。ほかのやつならジャンケンで決めるのだけれど、相手が朝代だと、「力仕事はふつう男子だよね」のひとことでおしまいだ。「おまえの方が力仕事に向いてんだろ」

なんてせりふは口が溶けても言えない。

「なんであんな女が学級委員なんだよ」

教室をだいぶはなれたところで、ようやく捨てぜりふを吐く。昇降口で靴を履き替え、カレーのルーを入れるようなひしゃげたバケツを持って、校舎裏のコークス置き場に行った。

ガサガサと音がする。同じ用向きで来ている子がいた。

「おっ、キントンじゃないか?」

振り返ったキントンがさっと青ざめた。

「……なんだ、のりまきかよ」

「なんだとはなんだよ。おれで悪かったな」

「いや、ごめん。急に声かけるから驚いちゃった」

そう言いながら卑屈な笑いを浮かべた。

「おまえも日直か?」

「そうだよ」

返事をしつつ視線をそらし、明らかに急いでコークスをバケツに入れ始めた。僕はその肩越しに訊いた。

「ケンタはどうしてる?」

この質問を予期していたらしく、「別に変わりはないよ。いつも通り」と早口で答えると、さっと僕の脇を抜け、「じゃ、お先に」と近所のおばさんのような挨拶をして小走りに去った。

「なんだよあいつ」

今日の僕はやたら愚痴っぽく、毒づいてばかりいる気がした。

「……」

授業が終わり、昇降口を出たところでおきよが言った。

「トモっぺがオッケーしてくれたぞ」

「なんだよ、忘れちまったのか？　弥生ちゃんの家庭教師、勉強の手伝いだ」

「あ、ああ。そうか。トモっぺが……。それはよかった」

愚痴っぽいだけじゃなく、今日はひときわ血の巡りも悪い。

「弥生ちゃんちに寄ってくから、じゃあな」

おきよはさっさと走っていってしまった。


このところペタは連日店に立っていた。遊ぶ約束がないのだ。だから単なるひまつぶしだったのだが、いやいやながらも何日か手伝ううちに、何も考えずに働くことが、ちょっと気持ちよく感じられてきた。それに、ときどき兄さんと軽トラックで配達に行くのも悪くなかった。隣の席に座ってみると、兄さんが握るシフトレバーの動きが気になった。小刻みな切り替えと、その後のアクセルの踏み込みに車が反応するようすが魅力的だった。「やっぱおれはレーサー向きなんだな」なんて思いながら、配達には進んでついていった。

しかし、今日はその配達がない。腰を痛めた父親を兄さんが病院に連れていったからだ。母親は用があってふたつ向こうの駅まで出かけたので、ペタひとりで店番になってしまった。一番つまらない仕事だ。


「やっぱりこっちにいたのか」

一週間ぶりにケンタが姿を見せた。ペタは顔をあげた。

「本部に行ったらいなかったから……」

後ろにいたキントンが言い訳がましくつけくわえた。と突然ケンタが大きな声を出した。

「この前はごめん。本当に悪かったと思う」

「えっ？」

ペタは驚いた。

「雪合戦のことだよ」

「ああ、あれか。もう終わっちまったことさ」

「えっ、許してくれるの？」

「だって、わざとじゃないんだろ？」

「そ、そうだよ。わざとじゃないんだ。あわててたからな。ついうっかりしちまったんだろうな。でも、悪かった。この通り」

そう言ってケンタは深々と頭を下げた。隣でキントンもそれにならった。

「まあ、いいって」

「ありがたい。ペタは気持ちがでかいなあ」

「それを言うなら、懐が深いって言ってくれよ」

「どういうこと?」

「どうって、大人はよく言わねえか、そんなこと」

ケンタはキントンと顔を見合わせた。それからおもむろにケンタが口を開いた。

「実は、お詫びのしるしを持ってきたんだけど、本部に入れるかな」

「なんだよ、あらたまって」

「いや、ほんの気持ち」

ふたりの顔がにやついている。

「……わかった。先に入っててくれ。おふくろが戻ったら行くから」

「ありがたい。じゃ」

ペタが本部に近づくと、なかからふたりの笑い声が聞こえてきた。「なんだよ。盛り上がってるな」扉を開けながら声をかけた。

「あ、ごめん。ここにいると、つい気持ちが安らぐんだなあ」

ケンタが流し目をした。

「寒いけどな」そう言いながらペタは手製の火鉢に炭を入れた。「ちょっと目にしみるぜ」

新聞紙をちぎって火をつける。ぽっとオレンジ色の炎が上がり、まもなく白い煙が狭い本部に広がった。

「扉を開けてくれよ」ペタが器用に息を吹きかけ、まもなく炭がおこりはじめた。「すぐには暖まらないけど、我慢してくれ」

「いやあ、気にするなよ。寒いのにはもう慣れたよ」

ケンタが脇に置いてあった大きな紙袋を手に持ち、「これ、気持ち」と言うと、なかからコーラやジュースの瓶を次々に取り出した。それをキントンがテーブルがわりの木箱の上に並べる。さらに、お菓子が、これも次々に出てきて、最後に板チョコが何枚か並んだ。

「おお、すげえ。どうしたんだよ、こんなに」

さすがにペタも驚いた。

「だからおれたちの気持ちさ。ほんとに悪かったと思う。ペタ、許してくれ。ごめん」

ふたりは正座して頭を下げた。ほとんど土下座だった。

「おい、わかったから、よせよ」

「ほんとにペタは懐がでかいよな」

「……………」

　ふたりが帰ったのは外が真っ暗になってからだった。

　学校が終わって帰宅し、畳に寝転がってマンガを読んでいたら、庭に面したガラス戸がたたかれた。

「ひまか？」おきよだった。「トモっぺがうちで弥生ちゃんに勉強を教えてるんだ。のりまきも来いよ」

　おきよの家の子ども部屋に座卓がおかれ、そこにトモっぺと弥生、武志がすわっていた。

「あら、坂元君」

「おきよが来いって言うから来ちゃった」

「教昭お兄ちゃんだ」

　弥生の顔がぱっと輝いた。

「弥生ちゃん、よかったね、勉強教われて」

「わたし、教昭先生にも教わりたいな」

「いやあ、トモっぺ先生の方が賢いよ」

「……」

「……あれ、なんかまずかった？」

「うちでは智子先生って呼ぶことになったんだ」と、おきよ。

「そういうことは先に言ってくれよ」

「別にどっちでもいいよ」

トモっぺが屈託なく笑った。

「のりまきも一緒に教わるか？」

「なんでだよっ！」

三人が勉強している間、僕はおきよと外でキャッチボールをした。おきよが父親のグラブを持ってきたので、今日は軟球で投げ合った。

「さすが体育5だな。けっこういい球投げるじゃん」

「そうか……」

めずらしくおきよが照れていた。


勉強が終わったのでおやつの時間だと武志が教えに来た。弥生がにこにこしている。

「勉強楽しかったよ。智子先生の話、とてもよくわかるの」

「学校の先生より、智子先生の方がいいな。学校だとよくわからないまま先に進んじゃうんだ」

「わからないことを先生に質問してみたら？」

トモっぺがやんわり武志に言った。

「うーん。でも、何を訊いたらいいかもよくわからないんだ」

「ばかだなあ」

おきよがあからさまに言った。武志は、「そんなこと言うけど、しょうがないだろ」と泣きそうな声で言い返した。

「だよな。武志の気持ちはよくわかる」

僕が言うと、「ほんと？」と見つめ返した。

「ああ、おれもおんなじ」

「よかった。のりまきお兄ちゃんも同じかあ」

「喜んでる場合じゃないだろ」

おきよはあきれ、みんなは一斉に笑った。


「もうじき二月も終わりだね」

壁に掛かったカレンダーを見てトモっぺが言った。

「三月は私の生まれた月なんだ」と弥生。

「へえ、知らなかった」

「だって、『弥生』は三月のことだから」

「ああ、なるほど。そうだったんだ」

僕がうなずくと、「おれも知らなかったなあ」とおきよ。

「お誕生月が雛祭りの月っていいね」とトモっぺ。

「でも、うちはお祝いらしいことはしないよ。わたしのお雛様もとってもちっちゃいし」

「お姉ちゃんはお雛様出すと怒るよ」

武志が言うと、「怒りゃしねえよ」とおきよが怒鳴った。

「ほら、もう怒ったろ」

ふたりを見て弥生が笑った。その後で「雛祭りのお祝い、してみたいなあ」としみじみ言った。

「雛祭りってお祝いするんだ」と僕。

「のりまきは知らねえのか」

「おれんちは男しかいないから。……で、どんなお祝い？」

「特にきまりはないみたいだけど、ちらし寿司をこしらえたり、蛤《はまぐり》汁飲んだり、雛あられを食べたり、そうだ、白酒のかわりに甘酒を飲むよ」

トモっぺが教えてくれた。

「えっ、酒飲むのか？　うまいか？」

おきよがぐいっと身を乗り出した。

「お酒といっても、大人が飲むのとは違うよ。甘いんだ。でも、体がほんわかするんだよね」

トモっぺの話を真剣な顔つきで聞いていたおきよ。くるっと僕に顔を向けると、「やるか。雛祭り」ときっぱり言った。

「いいねえ。この前のクリスマスパーティーみたいに？」

「母ちゃんと相談してくる」

決めると早いおきよだ。子ども部屋を飛び出し、そして、すぐに戻ってきた。

「ちょうど三日が土曜日だから、その日の午後にうちでやろうぜ」

弥生の白い顔がぱっと赤らんだ。


ケンタが詫びを入れた翌日、本部にやって来たのはキントンだった。

「ペタに頼みがあるんだ。ケンタの顔を見ても何も訊かないでほしいんだよ」

それだけ言うと返事も待たずに駆け出し、すぐに今度はふたりで現れた。ケンタの口の左側には青黒いあざがあり、鼻の脇も少し腫れていた。

ペタはちょっとぎょっとしたが、キントンに言われたことがあったので黙っていた。しかし、これだけあからさまな異変がありながら、何も訊かないのはかえっておかしく、気まずい空気に息苦しさを感じた。

「昨日はたくさんもらい物しちまってわるかったな」

ペタが礼を言った。

「いやあ、あれっぽっち気にするなよ」

「でも、金かかったろ？」

キントンが心なしか青い顔をしている。

「金？　そんな物はいくらだってどうにでもなるぜ。小遣いたっぷりもらってるからな」

「そ、そうだよね。たしか、月五百円だっけ？」

キントンがせわしなく合いの手を入れる。

「ま、そんなもんだな」

口のあざを気にして、顔を正面に向けたがらないケンタ。その態度が余計にふてくされた印象を与えた。

「その話はいいとして、今日はこれだ」

ケンタが紙袋から出してのはバッカスチョコレートとウィスキーボンボンだった。

「おっ、酒か？」早速ペタがかじりついた。「久しぶりだなあこの味。うちのおやじもそうだけど、大人はずるいよな。こんなもの毎日飲んで、好きなこと言って、やりたいことやって」

「おれんちだっておんなじさ。子どもにだって飲ませろってんだ」

ケンタが息巻いた。まだ寒いはずなのに、ほんのり体が暖かくなってきた。

はがした紙包みをケンタが火鉢にほうり投げた。ぼっと炎が上がり、三人の顔に影が差した。

「おお、ちょっと不気味だけど、かっこいいなあ」

「もう一回やってみろよ」

　ペタに言われて、今度はキントンが紙包みを投げ入れた。不思議な色の炎が上がったあと、燃えがらが床に舞った。

「おっと、あぶねえ」

　ペタが急いで拾って火鉢に戻した。

「わりい、わりい」

　ケンタがふんぞり返ってあやまった。

「ケンタ、おまえ大丈夫か？」

「大丈夫に決まってらあ」

　キントンが止めたが、ケンタはそれを振り払って、ボトル型をしたチョコレートの首の部分をかんだ。そして、中身をぐいっとラッパ飲みした。

「西部劇によく出てくるよな。こんなふうに酒飲むシーンが」

　ケンタが大きく息を吐いた。少しずつピッチがあがっていった。

「こんな感じなんだな、大人たちって」とペタ。

「だな。ちょっとくらくらする」

　そう言いながら、ケンタは手元にあったマンガ雑誌を手にすると、表紙を破って火鉢にくべた。炎はあがらずに煙が充満した。

「ケンタ、開いたまま突っ込んじゃだめだ。こうするんだよ」

ペタがもう一枚破り、それを雑巾のように丸めた。それから、火鉢に突っ込むと、薪のように燃え始めた。

「おお、なるほど、やってみよう」

ケンタが試し、キントンもまねた。

「これはいいや」

「ところでケンタ、さっきから気になってたんだけど、その口と鼻はどうしたんだよ」

ケンタの笑いがさっと消えた。そして、あざのある側を隠すように横を向いた。その後ろでキントンがケンタに隠れて両手を合わせ、ペタに向かって拝んでいた。

「……別にたいしたことじゃねえんだ」

「ふうん。それならかまわねえが、おれたち『鉄の団』は仲間を守り合うんだよな。なんかあったなら仇を討たなきゃな」

「なあ、これは仇とかじゃないんだ」

「じゃあ、どうしたんだよ」

「……」

「言いたくないんだな」

「ああ、訊かないでくれ」

「でも、おれたちが決めた掟通り、おれは秘密は守るつもりだぜ」

「掟、掟って、うるさく言わねえでくれよ」

「ちょっと待てよ。掟をつくろうって言ったのはケンタだろ？　おれはできるだけ努力してきたつもりだぜ」

「それとこれとは話が違うんだ。おれんちのことまで掟にしばられることはないだろ」

「そうか、おまえんちのことなのか」

「ペタ、もう勘弁してくれよ」

　キントンが泣きそうな顔をしている。

「ちょっと待てよ。おれは別にケンタを責めてるんじゃない。たとえいやなことでも話せば楽になるかもしれないって思ってな」

「ああ、気持ちはわかったよ。でも、このことは関係ねえんだ。ほっといてくれよ」

「ケンタ、そんな言い方はないだろ。おれはただ鉄の団の仲間として…」

「鉄の団、鉄の団って、めんどくせえなあ」

　ケンタは壁に貼ってあった掟をはがした。そして、ペタとキントンが驚いている前で破り始めた。さらに、それを火鉢に詰め込んだ。白い煙が充満して三人ともむせた。ケンタは半ば開いていた扉に体を割り込ませるようにして外に出ると、そのまま走り去った。キントンがあわててケンタを呼びながら飛び出したが、本部を出たところでペタに襟首をしっかりつかまれた。

「おまえ、知ってんだろ？」

　キントンは覚悟したように大きくうなずいた。

「話してみな」

「……ケンタが母ちゃんの財布から金を抜き取っていたのがばれたんだ。それで父ちゃんに殴られたって」

「小遣いが月に五百円、っていうのはうそなのか？」

　キントンが小さくうなずいた。

「じゃあ、今までのみやげもみんな……」

「それもあるけど、店でかっぱらった物もある」

「かっぱらいもしたのか？　ということは、おれはかっぱらいのみやげを食ってたことになるんだな」

「………」

「どうなんだよ」

　また、うなずく。

「なんでそんなことを」

「……ケンタは淋しいんだよ。ケンタの母ちゃん、ほんとの母ちゃんじゃないから、新しい妹や弟ばかりかわいがるんだ。父ちゃんにはおまえは兄貴だろって言われるだけで、何も聞いてもらえないし」

「ほんとか？」

「ほんとだよ。おれたちの家隣どうしだから、どっちの話もまる聞こえなんだ。ケンタは毎日怒られてるよ。殴られることもけっこうある」

「でも、別に金を盗むまでしなくてもよかったのに」

「ペタに友だちでいてほしかったんだよ」

「だって、おれたち『鉄の団』だろ」

　ペタがしゃべり終わる前に、キントンが悲鳴を上げた。ペタも背中越しにパチパチと何かがはぜる音を聞いた。

「大変だ！」

　本部の扉から白い煙が勢いよく湧き出した。奥には炎が揺らめいている。

「やべえ。キントン、バケツに水汲んでこい」

「ええっ？　バケツってどこにあるんだよ」

「どこでもいいから捜してこいよ」

「ペタは？」

「火を消すに決まってんだろ」

　そう言いながら入口脇にあった座布団を一枚引っ張り出し、炎に向かってたたきつけた。しかし火元は遠く、大量の煙に邪魔されて奥には入れない。そのうちに扉の反対側からも煙が噴き出してきた。

キントンがバケツを持ってきた。ズボンがびしょびしょで、水は半分も入っていなかった。ペタは舌打ちしながらその水を奥に向かってかけた。同時に煙が出てきてふたりはせき込んだ。

「もっと。もっとだ」

ペタがバケツを放り投げた。そして、壁でも屋根でも炎が見え始めたところを座布団でたたきまくった。しかし、火は乾燥した木材を次々に飲み込んでいく。体の力が抜けかけた時だった。

「おい、何やってんだ」と向かいのおじいさん板垣さんが駆けてきた。そして、すぐに大声を出した。「火事だあ。みんなあ、バケツを持ってきてくれえ」

あっという間に何人もの大人が集まった。庭先の小屋はすでに白い煙のかたまりだった。時折大きなオレンジ色の炎が飛び出した。

向かいの庭先の水道にバケツを持った大人たちが並び、次々に水を入れたバケツをリレーし始めた。扉からなかに向かって勢いよく水がまかれるたびに、煙がかたまりになって出てきた。やがて、炎が見えなくなり、どうにか火を消し止めることができた。そこへ、ペタの父親が走ってきた。

「明、どういうことだこれは！」

「……おやじ、ごめん」

　パチンと大きな音がして、ペタの小柄な体が一メートルほど吹っ飛んだ。ペタはそこで地面に膝をつき、あらためて「ごめんなさい。ごめんなさい」と、何度も頭を下げた。

「ま、中嶋さん。あんまり怒るなよ。なんとか消し止めたからよ」

「いやあ、板垣さん、皆さん。ほんとにどうも相すみませんでした。ばかな倅の不始末を皆さんで収めてくださり、お詫びのしようもねえや。申し訳ない」

　そこへ、地元の消防団が小さな手押しポンプ車を転がしてきた。

「おお、ご苦労さん。なんとかバケツで治まったよ」

　板垣さんが笑顔でねぎらった。

「そうかい。それはよかった。なんせ、火事の多い季節だからな、十分気をつけないと」

「そうだな。明ちゃん、そういうことだ。何をしてたかは知らねえが、一歩まちがえたらとんでもないことになってたんだぞ」

　ペタはいったん顔を上げたあと、あらためて板垣さんたちに向かって頭を下げた。

「ごめんなさい。これからは十分気をつけます」

「そうだな。ああ、中嶋さん、一応火は消えたようだが、空気が乾燥してるから、この小屋、解体して、板切れ一本一本にもう一度水をかけた方がいいと思うよ」

「そりゃ、もちろんだ。あとはうちできちんとやります。皆さんにはほんとにお世話かけてしまい、すみませんでした。お礼は後ほどあらためてうかがいますので」

「いや、いいんですよ。そんなことは気になさらなくて」

とは言いつつ、みんな期待してるんだなと、こんなところでペタの頭は妙にさえてしまった。

ふと後ろを見ると、キントンが口を開けてばかのような表情で立ちつくしていた。ちょっとさわったら崩れ落ちる朽ち木のようだった。

ペタは黒ずんできな臭い本部を見つめた。そして、「終わっちまったんだな」と小さくつぶやいた。


今年は雪の多い冬だったが、今日は冷たい雨が降っている。教室のなかも一日中暗かった。

帰りがけピカイチに声をかけられた。

「のりまき、うちに来ないか?」

「父ちゃんがパチンコでとってきたチョコレートが……」

「ごめん、それはないんだ」

「いやいや、冗談だよ。おれはアリじゃないからね」

「てへへ。おもしろいね」

「実はおれこそ頼みがあるんだ」

「なんだい」

「お雛様の絵を描きたいんだ。教えてほしいんだよ」

「お雛様…？」

「そう。あの男と女とふたりそろったやつ」

「ああ、お内裏様とお雛様ね」

「それそれ。おれんち男しかいないだろ」

「おいらだって男ひとりだよ」

「だよな。でも、ピカイチはいろいろな絵が描けるじゃないか」

「てへへ。うれしいこと言ってくれるね、のりまき」

僕は背中をたたかれた。

「よし、じゃあ頼むよ」

「でも、それはちょっと難しいなあ。浩が来たら訊いてみようよ」

ということで、僕はピカイチの家に行くことにした。どうせ今日は雨で外では遊べないからね。うちから持っていったミカンをほおばりながら、「そもそも、なんでお雛様なの？」というピカイチの質問に僕はいきさつを話して聞かせた。

「そうだったのか。それはいいや」

「ピカイチも来ないか？　雛祭り」

「ありがと。でも、三日だろ。その日は家族で親戚のうちに集まるんだ」

「そうか、残念だなあ」

「うん。残念だね。でも、一応こちらも雛祭りらしいよ。ま、集まれば大人の宴会だけどね」

「大人はいいよな。酒飲んで騒いで。だから、おれたちも酒飲んで騒ごうって」

「えっ　ほんとに?」

「って、おきよが決めてた」

「おきよか。やりそうだね」

まもなく浩がやって来た。

「久しぶりにマンガプロダクションだ」とピカイチがはしゃいでいる。僕は浩にもお雛様のことを頼んだ。「なるほど。わかったよ。妹のがあるからスケッチしてこよう」と約束してくれた。

僕らは日没までマンガを描いて過ごした。


ペタはひとりで傘を差して歩いていた。昨日のことがあったので、今日は店番もさせてもらえなかったからだ。坂下の駄菓子屋の近く、共同井戸にさしかかった。確かこのあたりだったよな、と立ち止まり、ぐるりと見渡した。狭い路地がある。すぐ奥が行き止まりになっていて、その路地を囲むように六、七軒のバラックが並んでいた。どの家もだいぶくたびれていたが、なかでも一番傷んでいるのがケンタの家だった。かまぼこ板に「木下」と書いてトタン板の壁に打ちつけてある。大きめの物置にしか見えない建物だった。

ペタは扉をたたいた。なかから「誰だい？」という女の声がした。

「中嶋です。ケンタいますか？」

「ケンタ？　いないよ」

「どこに行ったんですか？」

「あたしゃ、知らないよ」

「わかりました。また来ます」

しかし、返事はなかった。赤ん坊が泣き出した。母親の叱る声が聞こえた。

傘を差していても体が濡れる。手がかじかんできた。光男の家の脇を抜けた時、原爆じいさんに出会った。どてらのような綿入りの上着を着てはいたが、傘は持っていなかった。ちょうど今出てきたところかもしれないと思ったが、よく見ると、どてらは水を吸って重そうだった。

「じいさん、こんな雨んなかで何してんだよ」と声をかけたが、顔を向けるようすはなかった。

「おい、風邪引いちまうぜ。家に入れよ」

ペタが原爆じいさんの腕に手をかけると、ようやく目を向けた。相変わらず黄色く濁っている。顔には老人性の斑点がいくつも浮かんでいた。

「いいか、よく聞けよ。おまえの家の床下にも原子爆弾が埋もれているんだぞ。早く掘り起こさないと、たいへんなことになる」

「おれんちの……？」

ペタがにやにやしながら訊き返した。

「ああ、お前のうちだけじゃない。このうちにも、そこのうちにも。だが、みんな気づいていないんだ。早く掘り起こさないと……」

「掘り起こさないと？」

「……」

じいさんはよろよろと家の門に近づいた。

「わしの家のはあと少しだ。あとほんの少しで掘り出せるからな」


ペタは家に戻った。庭には本部だった小屋の板材が並べられている。昨日、火が消えたあと、一番上の兄さんに手伝ってもらいながら解体したのだ。まだ熱をもっていたので、兄さんは店から軍手を持ってきた。ホースを引き、水をかけながらとにかく熱をさました。板切れのなかには「鉄の団」の看板もあった。燃えかすの山から、ピカイチが描いてくれた小次郎の絵を見つけた時には、悔しさで奥歯の後ろが酸っぱくなり、目がかすんだが、ペタはこらえた。

きな臭さが体や鼻にすっかり染みついている。本部の残骸は雨でさらに濡れていた。それを横目に玄関を開けた。


火事のことをペタはけっして話さなかった。しかし、近所に住むピカイチの母親が買い物ついでに商店街で耳にしたらしく、僕は登校してピカイチから教えてもらった。

驚いた。ペタやケンタが大やけどを負ったと思ったからだ。でも、よく訊くと、それはぼやというらしく、火事になる前に消し止められたのだとわかった。

「不幸中の幸い、だったんだって。母ちゃんが言ってた」

ピカイチが目を見開いて話した。

「それ、もう何日か前の話だろ？　ペタ、何も言ってないよな」

「そうだね」

「おれたちには話したくないんだな」

「そう言えば、最近ケンタたちとも一緒じゃないかも」

僕も思い当たる節があった。そこへ浩が通りかかった。

「坂元君、頼まれた絵、描いてきたよ」

ランドセルを下ろし、画用紙を取り出した。

「これでいいのかな？」

「うわ、なんだよこれ」

あまりの細密さに僕は思わず叫んだ。

「さすが浩。キノコの図鑑のタッチじゃない」

「おれは簡単なスケッチか、マンガ程度でいいと思っていたのに、これじゃおれが写せないかも」

「まずかったかい？」

「いや、すごすぎてびっくりしたんだ。浩はほんとに天才だなあ」

「大きな紙に写すって言ってたよね。だからちょっと細工をしておいたよ」


浩に描いてもらった絵を元に、今日は僕の家でおきよと小道具づくりだった。

「すげえな」おきよが感心している。「さすがは図工5だな」

「浩のも見たのかよ？」

「もちろん」

「油断もすきもないな」

「ふふふ、ほめるなよ」

僕は思わずおきよの顔を見つめた。

文房具屋で買ってきた模造紙を広げ、浩が教えてくれたやり方で写すことにした。絵の上に定規を使ってていねいにマス目が描いてある。まず、模造紙にこの見本と同じ数のマス目描くように言われたのだ。そのひとマスごとに絵を写していくと、バランスよく描けるのだそうだ。

「こんなんでうまく写せるのか？」

竹のものさしを押さえながら、おきよは心配そうだったが、それは僕もまったく同じだ。

「でも、とにかくやるしかないよ」

マス目を描き終え、いよいよ絵を写し始めた。腕にも肩にも余分な力が入る。でも、左上から始めて縦に一列できた時、なんだかちょっと自信が湧いてきた。

まもなく下書きが終わった。大きく息を吐きながらユニの鉛筆を置き、立ち上がって模造紙を見下ろした。

「浩の言ったこと、本当だ」

僕は興奮した。初めて描いたお雛様の絵なのに、お手本の絵にそっくりだったからだ。

「おおっ、のりまき、すごいじゃないか。さすがマンガプロダクションのひとりだな」

「いやあ、おれは下っ端だよ。さ、仕上げだ」

下描きを油性ペンでていねいになぞり、絵の具で色を塗った。上できだった。

「そうだ、いいこと思いついた」おきよだ。「こうしようぜ」

「せっかく描いたのに？　ま、でも、それもおもしろそうだな」

「いいだろ。のりまき、はさみ持ってこいよ」

その週のおきよの家での勉強は突然中止になった。弥生が喘息の発作を起こしたからだ。

「けっこうひどいらしい。電話の向こうで泣いてた」

おきよが伝えに来た。

「雛祭り大丈夫かな？」

「トモっぺも心配してた」


翌日から雨が降りつづいた。春を思わせるしとしと雨だった。その雨が上がったのは金曜日。雛祭りの日には澄んだ青空が広がった。僕は朝ご飯のあと、おきよの家に行った。

「弥生ちゃん、どうした？」

「治ったたって言ってたぞ」

おきよは武志と仕度をしていた。子ども部屋にお雛様が飾られている。

「あれ、お雛様がある」

「雛祭りだからな」

「でも、おきよこういうの嫌いなんだろ」

「お姉ちゃんね、甘酒飲んでいいってことで出すことしたんだよ」

「酒が条件かよ」

「ま、そういうことだ」

母さんがちらし寿司をつくってくれた。トモっぺは雛あられとお雛様の形の手づくりクッキーを持ってきた。甘酒はおきよが母親と一緒につくったという。「味見も十分したから心配ない」って、すでに飲んでいるらしい。

弥生は母親と一緒にやって来た。少しやつれて見えた。

「あ、きれいだね。それ」

玄関に出たトモっぺが顔を輝かせた。弥生は照れながら手にした桃の花を掲げて見せた。

母親どうしが挨拶を交わしている。トモっぺは弥生の手を引いて子ども部屋に連れて行った。

武志が足を引きながらついていく。

「わあ、すごい」

弥生がお雛様を見て立ち止まった。

「けっして新しいものじゃないんだけど、なんだか由緒があるとかないとか、らしいのよ」

おきよの母親が弥生母子に話した。

座卓を囲み、昼食に合わせて会が始まった。

司会は武志。廊下に面した障子の陰から現れた時、みんなが歓声を上げた。紺のジャケットにボール紙でつくった大きな蝶ネクタイ。手にしたマイクもボール紙製で銀紙が巻かれている。

「武志くん、すごい」

弥生の声援に武志は顔を赤くした。足が悪いので、体が少しかしいでいる。

「み、皆さん、お待たせしました。これから雛祭りパーティーを始めます」

一斉に拍手。

「武志、かっこいいぞ」

僕のかけ声にさらに拍手がわいた。

「はじめに、雛祭りの歌を歌います。みんな、元気に、歌ってください」

「よっしゃ」とおきよが気合いを入れた。でも、どう考えても気合いを入れるような歌じゃない。トモッぺがおきよのオルガンで伴奏をした。大人たちも一緒に歌ったので、確かにちょっと元気になった。

「次は、お内裏様とお雛様からひとことです」

僕とおきよは廊下に出て、障子を閉めた。隠しておいた絵を廊下の天井から吊す。この仕掛けはおきよの父親が工夫してくれた。準備ができたところで、あらためて障子を開いた。

「あらあ、上手に描けているわねえ。さすが教昭ちゃん」

僕とおきよは大きな絵の後ろ側に回りこんだ。そこでせりふを言うのだ。実はおきよの提案で、お雛様とお内裏様を交代することにしていた。劇が苦手なおきよも男の役をやれるならと言うので決めたのだ。早速そのおきよのせりふだ。

「皆の者、今日はよく来たな。これから雛祭りを始めるでおじゃるよ」

「なんだよ。すっかりなりきってるじゃないか」僕がぶつぶつ言うと、思いきり後ろ頭をはたかれた。そして「ほら、のりまきのせりふだぞ」とえらそうに言う。僕は後ろ頭を押さえながら、

「く、くるしゅうない。みな楽しんでたもれ」

と声を出した。部屋から笑いが起こった。

「やっぱ、お姉ちゃんはお内裏様か」

「なんか、威勢のいい音がしたよね」

トモっぺは感づいていた。

つづいて、大きな絵の顔の部分をはずした。これもおきよの案。描き上げたあとでくり抜いたのだ。そこに僕らが顔を出した。

いきなり大笑い。なぜって、お雛様の僕は額に眉毛を、ほっぺに赤い丸を、そして、口に赤い唇の絵を張りつけていたからだ。一方おきよは凛々しい眉毛をつけ、ついでにひげもつけていた。

「きよちゃん、立派。でも、おひげのお内裏様っていたっけ？」

トモっぺがおなかを押さえて笑っている。弥生ははじめ目を丸くしているだけだったが、ふっと力が抜けると、いきなり笑いがこみ上げてきた。そして、急に大笑いしたので、せき込んでしまった。

「あら、また、発作が起きちゃったかしら」

弥生の母親が近づいた。

「清美、あんたがばかなことするると、弥生ちゃんが苦しむのよ」

おきよも僕も心配になり、絵の裏から出た。

「大丈夫か？」

おきよが弥生の前にすわった。

「お姉ちゃん、それとらないと、また笑っちゃうよ」

武志が顔を指さした。

「おっと、わるい。のりまき、おまえもその変なかっこう早くやめろよ」

「ええ？　だって、これやろうって言ったのおきよだろ」

弥生は上着のポケットから小さな吸入器を取り出し、口にくわえてひと押しした。シュッと音がして唇の端から白い蒸気のようなものが漏れた。

静かな時間が過ぎた。弥生の胸が大きく波打つ。かすかに風のような音がしていたが、やがて聞こえなくなった。

「みんな、心配かけてごめんなさいね。もう大丈夫。ちょっと笑いすぎただけ。発作は起こしてないみたい」

弥生の母親が言った。

「よかったわね」

「……ごめんな」

おきよが詫びた。背中を丸めてひとつ大きく息を吸った弥生は、「わたしのせいなの。…とっても楽しかったのに、悔しいよ…」と涙をにじませた。

「せっかくのお祝いだよ。泣かないで」

トモっぺがそっと背中をさすった。弥生はうなずいて、セーターの袖で目をこすった。

「あのさ、次は乾杯なんだけど、これ、弥生ちゃんに頼むんだったよね」

武志が心配そうに訊いた。

「おっと、そうだった。そういうことなんだけど、やれるか？」とおきよ。

「うん。やる。がんばる」

弥生の目は真っ赤だった。


杯に甘酒を注ぐ。

「準備はいいですか」武志だ。「じゃあ、弥生ちゃん、お願いします」

弥生が杯を掲げた。照れくさそうだ。

「すてきなパーティーで、うれしいです。みんな、しあわせになりましょう。……乾杯」

みんなも唱和して杯をぶつけ合った。軽く口に含んだトモっぺが、「うん。甘い」と言ったのを見て、弥生もそっと唇を近づけた。

「ほんとだ。甘くておいしい」

「だろ？　ま、どんどんやってくれ」

おきよは一気に飲み干した。

「甘酒って、一応酒だろ」と僕。

「そりゃそうだ」

「そんな勢いで飲んで大丈夫かよ」

「まあまあ、堅いこと言わずにのりまきも飲め」

「おきよ、酔っぱらってないか」

「おれが酔っぱらってる？　うるせえ」

「もう酔っぱらってるよ」


それから食事になり、その後はトランプで七並べをしたり、花札の坊主めくりや双六をして遊んだ。弥生は苦しくなるとときどき吸入をしたが、最後まで楽しそうだった。

酔っぱらって僕にさんざんからんでいたおきよは、そのうちひとりで勝手に踊り出した。「ピーヒャラ、ピーヒャラ、ドドンガドンのホホイのホーイ」なんて調子をとりながら、訳のわからない振りつけがつづいた。そしてトイレに行ったあと、妙に静かだなと思ったら、隣の部屋の隅にころがって眠っていた。

「まったく、うちの旦那とおんなじ。ただの酔っぱらいだわ」

と母親がぶつぶつ言いながら毛布を掛けていた。

「やっぱり、おきよはじいちゃん似だね」

僕は武志の肩をたたいた。

「先が思いやられるよ」

武志はちょっと生意気なもの言いをした。

夕方近くにパーティーは終わった。母親が先に帰った弥生をトモっぺが送っていくというので、僕もつき合うことにした。

「まだ寒いけど、風が少しずつ春だね」

玄関先でトモっぺが言った。

「そう?」

「だって、ほんのり水の匂いがするんだよ」

僕は思いきり鼻から吸ってみた。

「そう言われれば、そんな気がしなくもないか」

「春の風は土から湧いてくる水の匂いを連れてくるんだね」

「さすがだな。おれにはそこまでわからないよ」

「でもね、これってひとりひとりの心の問題だから、きっとひとそれぞれなんだと思うよ」

「そういうものかなあ」

家を出たところに近所の野良猫がいた。白黒のぶちで、鼻の脇が黒いので、子どもたちの間では「はなくそ」と呼ばれていた。それを聞いてトモっぺは「ちょっと気の毒だね」と言った。そんな名前で呼ばれていることなど知るよしもなくひと懐こかった。前足をすっと揃えてすわったまま、頭をなでられたり、のどをさわられたりしていた。

「喘息でなければ、猫飼いたかったなあ」

「そうだね。猫の毛はよくないもんね。でも、飼うとなるといろいろ大変だよ。こうしてときどきかわいがれるだけでいいんじゃない?」

トモっぺはのどをなでている。

「猫って、どうしてみんなこんなにお行儀よくすわるのかなあ」

トモっぺの隣にしゃがんだ弥生がつぶやいた。

「え? ……ああ、なるほどね。ほかの動物はどうだったかなあ。武志、遠足で動物園に行ったよな」

「うん、行ったよ。高倉動物公園。楽しかった」

「……わたしは行けなかった」

「そうだ、弥生ちゃんはお休みしたんだっけ」

「……発作?」

トモっぺが顔を向けた。

「うん」

「そうかあ。……だったら、みんなで遠足行かないか。動物公園に」

ふとそんなことばが出た。

「ぼくたちだけで?」

武志が驚いている。

「そう。だって本当の遠足はもう終わっちゃったんだろ。だからおれたちで考えるんだ」

「いいかもね」

「わたしも行けるかな?」

「発作を起こさないように気をつけて、少しずつ体も鍛えておくといいんじゃない」とトモっぺ。

「縄跳びできる?」

僕は弥生に訊いた。

「少しなら」

「おきよに頼んで縄跳びをつづけてみたら?　勉強はトモっぺ先生。体育はおきよ先生だ」

「うん。がんばる。動物公園に行きたい」

狭い路地の奥にある弥生の家の前で別れた。板戸を開けてちょうど母親が出てきた。

「今日はありがとう。いろいろと準備してもらっちゃってわるかったわね。弥生はしあわせだわ」

そう言って、ひとりひとりにリンゴをくれた。

「わざわざすみません。どうもありがとうございます」

トモっぺがしっかり挨拶したのにならって、僕らも頭を下げた。

「動物公園の優待券もらえるぞ」週が変わって月曜日、おきよがいい知らせをもってきた。「トモっぺの父ちゃんは学者さんだから、動物公園には知り合いがいるらしいんだ」

「へええ、すごいな。これで決定だな、おれたちの遠足」

「ああ、計画立てようぜ」

僕はピカイチに事情を話して誘った。

「おいらも行っていいのかい？」

「もちろんだよ。そのかわり計画は一緒に考えるんだぜ」

そして、帰りがけにノンさんを呼び止めた。

「おもしろそうだな」

包帯のとれた眉のあたりに、小豆色をしたあざが残っている。

「おれたち探検隊だろ。ノンさんにも来てほしいんだ」

「遠足じゃないのか」

「大人には遠足って言ってるけど、おれたちだけで行くんだから、これはもう探検だよね」

「なるほど」

「ノンさん、高倉動物公園への行き方知ってるか？」

「さあ」

「だろ。ということは、みんなで開拓しなくちゃだめってことなんだよ」

「わかった。おれもまぜてくれ」

「よしっ。ありがてえ。一緒に行こうぜ」

僕は肩をぽんとたたいた。ノンさんは笑っていた。


翌日早速おきよの家に集まった。僕は地図帳を出した。

「うちにあったのを持ってきた」

「路線図は駅でもらってきたよ。電車賃も訊いてきたからね」

「さすがはトモっぺ。やることが賢いなあ」

僕が感心していると、おきよが、「おれは持ち物や注意事項を書いたぞ」と、画用紙を広げた。

「えっ、『好きなおやつを好きなだけ持ってくる』『やりたいことは、なんでもやってみよう』……どこが注意事項なんだよ」

「いや、大事なことだ」

おきよが胸を張った。

「じゃあ、これも入れて遠足のしおりは、ピカイチ描いてくれよ」

「いいよ。まかせて」

「できたら、うちで青焼きするよ」

トモっぺだ。

「青焼き?」

「同じものを何枚もつくれるんだよ。だから尾野君は元をつくってくれればいいんだ」

「ふうん、すごいんだね」

それから集合場所や時刻を決め、話がまとまった。

「ところで、ペタは来ないのか?」

持ち寄ったおやつを食べ始めた時、ノンさんがぼそっと訊いた。一瞬みんなの動きが止まった。

「……だって、ペタは」

僕が言いよどんでいると、「これのことか」とノンさんが自分の眉に手を当てた。

「そうだよ。あれからふたりとも全く口きいてないだろ」

「確かにそうだけど、おれはもう気にしてないぜ」

「ほんとに気にしてないのか?」

「ああ」

「おきよ、どう思う?」

「誘ってみるか」

「トモっぺは？」

「遠足だからね。たくさんいた方が楽しいよね」

「でも、来るかな」

僕は思わず腕を組んだ。

「おれが誘ってみるよ」

「えっ、ノンさんが？」

みんなの視線を受けて、ちょっと顔を赤らめながら、「だめだったら、許してくれな」とつけくわえた。

夕方解散した。角の家の塀からウメの枝が張り出していた。そこに一輪だけ花が開いていた。


翌朝、ピカイチは早速しおりをつくってきた。

「さすがとしか言いようがないな」

僕もおきよも感心した。それをトモっぺに渡すと、「尾野君の才能、すごいんだね」とほめたので、ピカイチは真っ赤になった。

「あれえ、ピカイチもトマトになるんだ」

僕がからかうと、ますます赤くなった。

「トマトっていうより、カボチャだな」

おきよが言った。それを聞いて、ノンさんがめずらしく大笑いした。しかし、ペタをどうやって誘うつもりなのか、まったくその気配がなかった。

その日の夕方、ペタが店番をしていると、そこにノンさんがひとりで現れた。

「ちょっといいかな」

マンガを読んでいたペタは顔を上げて、本気で驚いた。

「……ノンさん」

「バナナがほしいんだけど」

「バナナ？　なんでまたそんな」

「とは言っても、今日じゃなくて、今度の土曜日に買いたいんだ。おれたち日曜日に重い喘息の子を連れて動物公園に遠足に行くんだ。その時の大切なおやつなんだよ」

「そういうことか。なんとかなると思う」

「それと、もうひとつほしいものがある」

「……」

「頼りになる仲間をひとり」

「……」

「ペタ、おまえも来ないか」

「だって、おれ……」

「おれたち、探検隊だろ」

「ノンさん」

「いいよな。バナナとペタ、予約だ」

　返事も待たずにノンさんが指で丸をつくった。そして、右手を大きく挙げると、自転車に乗って去っていった。ペタはその後ろ姿から目をはなせなかった。


　その晩、ペタがひとりで僕のうちにやって来た。驚いたが、素知らぬ振りで「お、久しぶり」と声をかけた。

「遅くにわるいな」

「寒いから入れよ」

「いや、すぐ帰るから」

　僕らは角の街灯の下に行った。

「今日ノンさんが来た」

「そうか、よかった」

「よかった？　のりまき、知ってたのか？」

「もちろんさ。それでペタも行けるんだろ」

「おれが行ってもいいのか?」

「当たり前じゃないか。だから誘ったんだよ。みんなも期待してるんだ」

「へへへ。うれしいこと言ってくれるじゃん」

僕は小指を突き出した。ペタが目を落とす。そして自分の小指をきつくからませた。

「ペタ、約束な。絶対来いよ」

「わかった。約束だ。あ、そうだ。バナナはおれが持ってくからな」

「バナナ?」

「ノンさんに頼まれた」

「そういうことか」

指をはなし、にっと笑うとペタは走って帰った。その姿が見えなくなったところで、僕は暗い空を見上げた。オリオン座がひときわ大きく輝いていた。


翌朝、ペタは僕らと一緒にひまわりをした。いつものペタに戻っていた。

放課後、僕とおきよとトモっぺの三人で弥生の家を訪ねた。

「弥生ちゃんには武志から伝えてあるはずだけど、……今度、遠足をします。弥生ちゃんも一緒に行っていいですか」

おきよがたどたどしく話す。

母親は「ええ、聞いてるわ。ありがとね。でも、体が弱いから、迷惑かけちゃうんじゃないかしら」と心配そうな表情をした。

僕らの声を聞いて、奥から弥生が顔を出した。そして、母親の腰にしがみついた。「おっ、勉強してるか?」と声をかけられて、にっこりとうなずいた。

「えらいな。のりまきなんかなんにもやってないぞ」

「なんでおれなんだよ。おきよだって同じだろ」

「計画はしっかり立てました。これが遠足のしおりです」

トモっぺが手にしたしおりを差し出した。

「まあ、本格的なのね」

青焼きの上に色をぬったり、シールを貼ったり、なかなか芸が細かい。弥生がそれを母親から奪うようにして取り、のぞき込んだ。

「行きたい、行きたい」

「わたしがついて行っちゃだめよね」

「ぼくたちだけでやってみたいんです」

「そうよね。だからこうして……」

母親があらためてしおりに目を落とした。僕らは次の言葉を待った。

「弥生、自分のことは自分でやれる?　みんなに迷惑かけないように」

えんそく

「うん」

「この遠足だけじゃなくて、家でも学校でも。お母さんに甘えるんじゃなくて、自分からやる気持ちが見られなかったら、行かせないからね」

「わかった」

「約束よ」

「がんばる」


僕はおきよのうちに寄った。武志が大きなてるてる坊主をつくっていた。丸めた新聞紙は子どもの頭ほどもある。それを古いシーツで包んでいる。

「これは効きそうだね」

「絶対行きたいんだ」

「そうだよな。これなら大丈夫かも。ところで、この小さいのは？」

「弥生ちゃんの発作が起きないように」

「喘息もてるてる坊主かよ」

おきよがあきれている。

「でも、大事なのは気持ちだから、案外効くかもしれない」

僕は武志の頭をなでた。

春らしいやわらかな雨が降る日もあったが、日曜日は朝から見事に晴れ上がった。

僕はおきよ、武志と連れだって駅に向かった。改札の前にトモっぺとピカイチがいた。

「おはよう。武志くんの巨大てるてる坊主が効いたね。きよちゃんから聞いたよ。お手柄だね」

武志が照れてうつむいた。

「問題はもうひとつのてるてる坊主だな」

「弥生ちゃんの？」とトモっぺ。

「自分のことは自分やる約束だから、迎えには行かなかったぜ」

おきよが心配そうに通りに目を向けた。そこにノンさんがやって来た。

「遅刻か？」

「大丈夫。まだまだオッケー」

僕は構内の時計を見た。集合時刻まではまだ五分あった。

「あっ、弥生ちゃんだ」

ずっと通りを見つめていた武志が大きな声を出した。

「おはようございます」弥生がていねいに頭を下げた。「よろしくお願いします」

「え、なんだよ。あらたまって」

おきよがどぎまぎしている。

「だって、お世話になるから」

弥生はリュックサックとは別にペコちゃんバッグをさげていた。

「あとはペタだね」とピカイチ。「どうしたのかなあ。まさか、来ない……？」

「いや、絶対来るよ」そう言い切る僕を、おきよが不思議そうに見つめた。

「だって、ペタじゃないか」

「そうだな。ペタだもんな」

ノンさんに肩をたたかれた。

「でも、あと一分しかないよ」

武志が不安そうに言った時だった。見たような顔なのに、全く違う感じの子どもが走ってきた。

「え？　ペタ……だよな」

「ごめんごめん」

「……その頭」

「やっぱ、寒いな」

あの長髪頭が一気に五分刈りになっていた。

「出家したのか？」

おきよが頭をなでた。

「ま、なんだな、もう春だし」

「なんだかよくわかんないよ」

「おれもよくわからねえ」

ペタは笑った。笑いながらノンさんに顔を向けた。ノンさんは、「これからはおまえが坊さん役な」とからかった。

「ノンさんとペタは初めてだよな。弥生ちゃんだ」

僕が紹介すると、弥生は礼儀正しく挨拶をした。そして、あらためてふたりを不思議そうに見つめた。


「そろそろホームに行こうね」

トモっぺが人数分の切符を買ってきた。

階段を登り、ホームに出る。足を引きずる武志に、おきよは何も言わずにつき添った。

「こっちのホームから乗るの、久しぶりだなあ」

ペタが言った。

「学校の遠足以来だろう」と僕。

急行の丸い表示をつけた電車に乗った。次々に駅をとばしていくうちに、家が少なくなり、畑や林が目立ってきた。大きな橋を渡り、短いトンネルもくぐった。

「随分遠くに来たね」

「わたし初めて。ドキドキする」

弥生だ。

「ピカイチ、おやつはまだだぞ」

リュックのポケットからガムを取り出したピカイチはびっくりした。

「ええ、遠足と同じなの？」

「うそだよ」

「ああ、驚いた。おきよが先生に見えたよ」

みんなが笑った。

「でも、おきよが先生だったらおっかねえよな。きっと体育の先生だし」

ペタがかまった。

「ペタ、おやつ没収」

「なんでだよ。冗談だろ」

緑色の電車がスピードを落とした。外を見ると、険しい斜面を登っている。

「すげえ、町がどんどん下になる」

連なる丘の一角に向けて電車は一生懸命登っていた。その傾斜がようやく終わり、動物公園駅に着いた。

たくさんの親子連れが改札に向かっている。子どもたちだけというのはほかには見当たらなかった。駅を出て川を渡る。幅の広い橋だ。その先が動物公園。広い入り口に大きなアーチがかかっている。

「こんなにでかかったんだ。遠足で来たはずなのに、覚えてねえや」とペタ。

「武志は覚えてるだろ？」

「ぼくも忘れたよ」

「ばかだなあ。ついこの前のことだろ」

おきよに言われて、「だって、門なんて気にしてないから」と泣きそうになった。

「そりゃそうだ。大事なのは動物だよな」

僕はかばった。

「それならたくさん覚えているよ」

「よし。じゃあ、武志がガイドやってみろよ。ここに案内図があるからさ」

僕が手渡したパンフレットを見ながら、「うん。やってみる」と答えた。


トモっぺの優待券を使って、僕らはアーチをくぐった。

丘の上につくられた動物公園は坂道が多い。鍛えたとはいえ、もともと呼吸器が弱い弥生は、トモっぺやおきよに手を引かれて坂道を登った。

ようやく動物のいる場所に着いた。ゾウもキリンも初めての弥生は、どれも不思議でならなかった。

「絵で見たのと違う。本物ってこんなに大きいんだ」

「臭いもするしな。さあ武志、出番だぜ。説明しろよ」

武志は図鑑で覚えたことをたどたどしく話した。

「すごいね。わかりやすいよ」

「へえ、おれも知らなかったぜ、そんなこと」

なんてほめられ、うれしそうだった。


「おっ、猿山だ」

「じゃあ、ここはひとつペタに紹介してもらおう」と僕。

「なんでおれなんだよ」

「え、親戚じゃないの？」

「おいっ」

「だよな、こんな坊主頭の猿はいないいな」

ノンさんが笑った。

「あの一番上でえばっている猿が、ここのボスだろうね」

トモっぺが弥生に説明した。

おきよがぼそっと言った。

「王様っていうよりは親分って感じだな」

「そんなもんだね」

「王様なの？」

広大な敷地内の一番高いところが広場になっている。トイレや水道があったので、迷わずそこでお昼になった。

「ノンさん、頼まれたバナナ、持ってきたぜ」

「おお、こんなにたくさん。重かったろ」

「どうってことないぜ」

「金払わないとな。いくらだ？」

「いや、これはおれのおごりだ」

「そうはいかないよ」

「ほんと、気にしないでくれ。何日も店番した報酬なんだ。だから無料《ただ》。ちょっといい品物だから、ぜったいうまいはずだ。まあ、食ってくれよ」

「そうか。そういうことなら、ありがたくいただこうか」

「おいらバナナ久しぶり」

「おれだってしばらく食ってないよ」

「父ちゃんの給料日だけだな、食えるの」

「あまーい」

弥生が興奮している。

「ほんとだ、これ高級品だよ」

トモっぺもうれしそうだ。

「ペタさん、ごちそうさま」

弥生が頭を下げた。

「へ、ペタさん?」

「だめですか」

「いやあ、だめじゃないけど。おれじゃないみたいだな」

「ていねいでいいじゃないか」

ノンさんが言った。


「おい、この先に行けるぜ」

お昼のあと、トイレから戻ってきたおきよが広場からつづく丘を指さした。

「えっ、向こうの林のこと?」

「そうだ。金網が破れているところがある」

「行ってみるか」

「せっかく来たんだからな」

「わたしも行っていいの？」

弥生がおそるおそる訊いた。

「トモっぺ先生がいれば大丈夫だろ」

「わたしも行くの？」

「今日はトモっぺも探検隊だぜ」

「そうなんだ。ちょっとわくわくするね」

広場のはずれに死角になった場所がある。おきよは金網が破れてるなんて言ったが、誰もが出入りできるような破れ方ではなかった。ほんのちょっと裂けているという程度だった。

「おいらの体入るかなあ」

「入るさ、こうすれば」

言い終わる前に、ペタは裂け目に腕を入れ、力任せに開き始めた。

「手分けしようぜ」

ノンさんが片方を受け持った。

「ありがてえ」

ガシャガシャ音を立てていた裂け目は、すぐに大きな穴に変わった。

「あ〜あ、壊しちゃったね」

トモっぺがあきれている。弥生は口をきつく結んで、瞬きもせずにじっと見ていた。

「よし、これでみんな通れるだろう」

額にうっすら汗を浮かべたペタが、早速ヤブのなかに入った。ノンさん、おきよがつづく。トモっぺと手をつないだ弥生が僕に目を向けた。

「大丈夫、なんとかなるよ」

僕は弥生の背中を軽く押した。武志、ピカイチが入り、最後に僕がくぐった。もちろん、殿《しんがり》らしく誰かに見つからないようにあたりをうかがいながらね。

雑木林のなかは下草が伸び放題だった。僕らは枯れ草を踏みつけながら進んだ。カシャカシャと乾いた音があちらこちらで響いた。干からびたカラスウリがいくつもぶら下がっている。

「すごいね。ほんとうに探検だね」

トモっぺが感心している。

「そうだよ。言った通りだろ」

「なんだか路みたいなのがあるぞ」

前方からおきよの声がした。

「誰かが通った跡みたいだ」

路は丘の上をたどっていた。

「熊じゃねえか」

ペタの言葉にみんな凍りついた。

「昔の旅人が通った路かもしれないよ」

僕がそう言うと、みんなも妙に納得した。

笹や枯れ草に覆われた路は、やがてゆるやかな登りになった。スピードの落ちた弥生をトモっぺが励ましていた。


「てっぺんに出たぞ」

ペタの声だ。

「頂上だ」

ノンさんが応じた。

「えっ、ここ山だったの?」

トモっぺだ。弥生が息を切らせながら追いついた。標示らしきものは何もなかったが、確かにそこは小さな出っ張りのてっぺんだった。弥生がポケットから吸入器を出して口にくわえた。ペタが不思議そうに見ている。シュッと音がし、口の脇から白いものが漏れた。

「それ、薬か?」

「そう、薬を吸うんだよ」

トモっぺが代わりに答えた。

冬枯れた丘の連なりはずっと奥までつづいていた。まるで大きな毛布を波打たせたみたいに褐色にうねっている。

「登山隊になっちまったな」

ペタがうれしそうだった。

「あの下に見える鉄塔は？」

振り返ったノンさんが訊いた。

「確か、動物公園の……」

「そうだね。事務所の脇にあった気がする」

「こんなに来ちゃったんだね」

「ちゃんと戻れるかな？」

「それもまた探検」

ここでおやつタイムになった。

「お母さんがみんなにって」

そう言って弥生がペコちゃんバッグから出したのはパラソルチョコレートだった。

ピカイチが落ち葉のなかから薄緑色の物を拾った。

「あ、それウスタビガの繭だよ」

トモっぺが「ガ」と言ったとたん、ピカイチはあわててほうり投げた。

「大丈夫だよ。もうからっぽだから」

おきよがあらためて拾い、弥生に手渡した。

「へえ、虫がつくったんだ」

「それならこっちにもあるぜ」

「ほんとだ。たくさんある」

「この茶色いのはなんだ」

ノンさんだ。

「それはね、クスサンの繭」

「焦げたべっこう飴みたいだな」

「野分くんうまいこと言うね」

トモっぺにほめられ、めずらしくノンさんが照れていた。

「さあ、下山だ」と張り切って下り始めてまもなく、足の悪い武志が路の脇にすべり落ちた。落ち葉の音のあとに悲鳴が聞こえた。

「おうい、大丈夫か？」

ノンさん、ペタ、おきよが勢いよく下って助け上げた。すべった勢いで二回ほどころがったが、落ち葉が積もっていたのでケガはしなかった。

「今度は救助隊に早変わり」

ペタだ。

「武志、ぼんやりしてちゃだめだぞ」

おきよが叱った。武志が半べそになる。

「たいしたことなかったから、いいじゃないか」

僕は武志の肩をもった。そして、手を引いてやった。

さっき見た鉄塔を目印にしていたが、近づくにつれて木々の陰になって見えなくなった。笹の下にもぐる踏み跡を追っていく。それなのにいつしか、篠竹の茂みに囲まれていた。

「こんなとこ通ったっけ？」と僕。「なんかちょっと違う気がするなあ」

「向こうじゃないか」

うろうろしだしたら、とうとうほんとうに路を見失った。

「ちょっと集まれ」

ノンさんが招集をかけた。

「ほい来た」

ペタが応じる。それを見て弥生がくすっと笑った。

「あわてて動くとほんとに迷子になる。ちょっと考えてみよう」

「少し下がったところに路みたいなのが見えた気がする」とおきよ。

「でも、急すぎるだろ?」

僕が言うと、

「そうだね。そんなに登らなかったよね」とトモっぺ。「山では、迷ったら戻るんだって」

「だから戻ってるんじゃないか」

ペタだ。

「違うよ。わかるところまで引き返すってことだよ」

「さっきの頂上の方に?」

ピカイチの顔は不安で一杯だ。

「そう、そうして、そこからまた考えるのがきまりらしいよ」

「ふうん。やっぱトモっぺは賢いよな」

僕が言うと、

「まだ、路が見つかった訳じゃないから、ほめられても困るよ」

とトモっぺは真顔で答えた。

「よし、とにかくもう一度さっきの山に戻ろう」

ノンさんのひとことで、みんな回れ右をして篠竹のヤブのなかを高みに向かった。

「おうちに帰れないの？」

弥生が小声でトモっぺに訊いている。

「心配ないと思うよ」


前方で「いてえ」と悲鳴がした。ピカイチだ。

「どうした？」

ペタが近寄る。ピカイチは足を押さえている。ノンさんが近寄り、コールテンのズボンの裾をまくり上げた。

「どうなってるの？」

ピカイチが顔を背けながら訊いた。

「たいしたことねえよ」

「ほんと？」

「ああ、血が出てるだけだよ」

「ええ、血が！」

ピカイチが叫んだ。鋭く切り払われたタケの先で切り傷をつくっていた。ちり紙で血を拭き取り、僕が持ってきた赤チンを塗った。

「のりまきは相変わらず物持ちがいいなあ。もしかして、靴下のなかにお金入ってる？」

ピカイチがにんまりした。

「それは秘密だ」

「……靴下に？」

弥生が不思議そうに僕の足元を見つめた。

「へへ、魔法の靴下だ」

弥生はトモっぺに顔を向けた。トモっぺは首をかしげた。

慎重に篠竹のヤブを抜けた。尾根に向かうと、先ほどの踏み跡があった。

「いったいどこからここに迷い込んだんだろう」

「う〜ん。自然は手強いものですな」

ペタが評論家気取りで言う。

「こっち側にも踏み跡があるぞ」

おきよだ。

「それがおいらたちの通った路じゃない？」

「思い出した。たしかカラスウリがいくつもぶら下がっていた」

僕はひらめいた。

「そうか。それはいい目印だ。捜そう」

先頭のノンさんの隣に僕がならんだ。

「そう、こんな感じだった気がする」

「よし、いいぞ。のりまき」

おきよが後ろから肩をたたいた。それでも踏み跡を二回見失った。そのつど戻りながら、ようやく枯れた草むらの奥に色あせた実を見つけた。

「あれ、カラスウリだろ。トモっぺ、見てくれよ」僕は思いきり腕を伸ばして指さした。「な、あそこにちらっと見えてるだろ」

「……ああ、そうだね。カラスウリだね」

「ようし、トモっぺ先生のお墨つきだぜ」

「よし。いくぞ」

ノンさんが大きな一歩を踏み出した。枯れ草を踏みしだく音がひときわ大きくなった。

「見えた」

ノンさん越しに茶色の格子模様がうかがえた。さっきくぐり抜けた金網だ。僕らは無事広場に戻った。

「あれえ、これじゃ電車に乗れないよ」

トモっぺの声に、みんなお互いを見合った。

「ほんとだ。気がつかなかった」

僕らの服にはノカンゾウやイノコヅチなど枯れ草の種が無数についていた。

「ひっつき虫だ」

ほっとしたのも束の間、しばらくは夢中になって種を取り合った。半袖半ズボンのおきよは、ひっつき虫の代わりにたくさんの擦り傷があった。

「お姉ちゃん、またお母ちゃんに怒られるよ」

「……しかたねえよ」

「薬あるぜ。塗っとけよ」

僕は探検道具のなかからオロナインを出して渡した。「すまねえ」おきよが素直に薬を塗り始めた。やっぱ、母ちゃんは怖いんだな。


最後に、僕らはウサギを抱ける広場でたっぷり時間をとった。細かな毛が抜けるので、弥生はあまり近づかなかったが、何回かウサギに触り、そのうち一回はそっと抱き上げた。

「あったかあい」

「心臓がドキドキしてるぜ」

「食われるんじゃないかって、怖がってんだろ」

「誰が食うんだよ！」

長くなり始めた春先の日射しも、ようやく傾きだした。僕らは駅に向かった。帰りの電車で、弥生も武志もピカイチもシートにもたれて眠ってしまった。ペタとおきよは残ったおやつを食べていた。トモっぺはノンさんと話している。背の低いトモっぺがまぶしそうにノンさんを見上げていた。

僕は車窓から夕暮れの景色を眺めていた。電車が鉄橋を越える時、川面が一面夕日色に染まっているのを見た。僕はそれをいつまでも忘れなかった。

その晩、弥生は隣で添い寝をしてくれる母親に、動物園でのことを話した。話したいことがあとからあとからいくらでも出てきた。体は疲れているはずなのに、なかなか寝つけなかったのだ。

週が明け、弥生の勉強の日におきよに誘われたが、僕はペタの家に行くことになっていた。

「どうしてもって頼まれたんだ」

「どっか行くのか？」

「いや、よくわからないんだけど、とにかくつき合ってくれってさ」

家に帰り、ランドセルをほうり投げ、卓袱台の上にあったかりんとうをつまんだ。「遅くならないのよ」母さんは洗濯物を取り込んでいた。

いくつもの狭い路地を抜け、ペタの家の裏に着いた。かつて本部のあったところには、今はもう何もない。

「焼けぼっくいは風呂屋に引き取ってもらったよ」動物公園の帰りにペタがそう言っていたのを思い出した。木箱を改造したテーブル越しにおやつを食べたり、マンガを読んだりした、小さいながらも隠れ家だったことを思うと、鼻の奥が少しばかりくすぐったくなってきた。

「よっ、お待たせ」

大きな音を立てて飛び出してきたペタは、めずらしく帽子をかぶっていた。野球帽だ。

「あれ、ペタ、巨人ファンだった？」

「いや、阪神だ」

「だよな。じゃあ、なんでこれ？」

「頭、寒くてな。でも、帽子がこれしかなかった。兄貴のお古」

「そうか」

「これもこれも、みんなお古」

確かに指さしたジャンパーやズボンには、いくつもつぎはぎがされていた。

「中身だけ新品か」

「そうだな。おれだけな。のりまきみたいに上だといいよなあ」

「そう思うか？」

「ああ」

「残念でした。これはいとこのお古」

そう言いながら僕はセーターの腹を引っ張った。実はこの柄は好きじゃなかった。でも、暖かいので文句は言えない。

「そうか、その手があったか」

「でも、よそ行き着てると気ぃ遣うから、この方が楽でいいよ」

「だよな」

ペタがにっと笑った。虫歯がたくさん並んでいる。

「ところで、どこに行くんだ？」

「そうそう、まだ言ってなかったな。わりい。あのな、ケンタんちだ」

「ケンタ？　ペタひとりでも行けるじゃないか」

「そうなんだけど、ここんところちょっとようすが変でな。それで、のりまきにもつき合ってもらって、考えを訊きたかったんだ。お礼に駄菓子屋でおごるから、頼むよ。な？」

「別におごってくれなくてもいいよ。おれだって小遣い持ってきたから」

「いやいや、そうはいかねえ。おれの頼みごとだ、おごらせてくれ」

「とりあえず今はその話はいいとして、ケンタのどこが変なんだよ」

僕らは踏切を越えた。坂下の風呂屋が近づいてきた。

「いついってもいねえんだよ」

「……居留守？」

「いや、あいつの母ちゃんが言うんだ。いないって」

僕らは共同井戸のある一角に着いた。ペタは迷わずバラックのような家の前に立った。初めて見るケンタの家に、僕は少しばかり驚かされた。これじゃ居留守は使えないなと思った。

ペタがトタン板の扉をたたく。力の抜ける音がした。

「誰?」

「中嶋です」

「……中嶋?」

「ケンタいますか?」

「ああ、また、あんたかい。いないって言ってるだろ」

つづきの「しつこいねえ」は小声だったが、外からもしっかり聞こえた。

「学校にも来てないですよね。具合でも悪いんですか?」

ペタが扉に口をつけるようにして話した。

「違うよ」

「……じゃあ、どうして」

返事がなかった。かわりに突然扉がなかから開かれた。口を寄せて話しかけていたペタは、危うく顔面をはたかれるところだった。

「何度も何度もうるさいねえ。あたしゃ忙しいんだよ」

小さくて鶏ガラみたいにやせたおばさんだった。ばさばさの白髪交じりの髪を後ろにひっつめ、細い目できっとにらむ。僕は少し後ずさった。

「訊いて、どうすんのさ」

甲高い声がきつい。ペタと同じぐらい虫歯が目立った。

「どうしても話したいことがあるんです」

物怖じしないペタに感心した。

「ケンタはもうここにはいないよ」

「えっ？」

「あの子はね、本当の母親のところに行ったよ」

「どこですか、そこ」

「あたしゃ知らない。うちの亭主が決めてきたことだから」

「……………」

「悪いことばっかりして、言うことは聞きゃしないし。仕方なかったんだよ」

「じゃあ、学校は」

「亭主がなんとかしたんだろ」

大きな声を張り上げたせいか、奥で赤ん坊が泣き出した。

「ほら、みなよ。起きちゃったじゃないか。え、どうしてくれるんだい」

「あ、すみません」

勢いに負けて僕は頭を下げた。ペタは知らんぷりだった。

「もうここには来ないでおくれよ」

そう言うと、一方的に扉を閉めてしまった。僕らは仕方なく井戸のところまで戻った。

「くそう、しょうがねえばばあだな」

「ケンタが転校したとは聞いてないよな」

「そうなんだ。せいちゃんに訊いてもわからねえんだ。ただ、ずっと休んでるってだけでな」

「アキオやカズ坊に訊いても無駄だな」

「だな」と言ったあと、「そうだ。キントンだ」とペタの顔が輝いた。「あいつんちはケンタんちの隣だって言ってたよな」

「そうか。それなら問題解決だ。で、どっち隣？」

「知らねえ。ふたつにひとつだ」

「苗字は？」

「苗字？　さあ。そういえば、苗字どころか名前だって知らなかったな」

「表札にキントンっては書いてないよな」

「だな」

まずはケンタの家の奥からだ。こちらも負けず劣らずのバラックで、外壁はつやのなくなったベニヤ板だ。

ノックをすると奥から女の声がした。「だあれ？」

「中嶋といいます。キントンいますか？　学校の友だちです」

「うちには学校に行ってる子はいないよ」

「よし、これできまりだな」

ペタは駆けって右隣の家に向かった。共同井戸に一番近い家だ。こちらの外壁は波を打ったプラスチックの板だ。それがところどころ欠けている。

「中嶋といいます。キントンいますか」

返事がなかった。ペタがもう一度たたいた。やはり反応はない。

「昼間はいないよ」

隣からケンタの母親の声がした。

「やっぱ、筒抜けなんだな」

ペタが声をひそめた。

「出直そうぜ」

僕らは駄菓子屋に行った。

近所の公園で駄菓子を食べたあと、近くを流れる水路を探検した。日が暮れかけた頃、もう一度キントンの家に戻った。壊れそうな扉をたたくと、やせた背の高い男が出てきた。僕らは男を見上げながら「キントンはいますか?」と訊いた。

「キントン?」

くぼんだ頬に無精ひげが雑草のように伸びている。

「学校の友だちなんです」

「うちにガキはいねえよ」

「いや、そんなはずはないですよ。坊主頭の男の子がいるでしょ」

「いねえもんはいねえよ。なんなら見るか?」

「……」

男は扉を思い切り開いた。布団や服が無造作に散らかっている。隅に卓袱台があり、一升瓶と食材が載っていた。

「わ、わかりました。どうもすみませんでした」

僕がぼんやりしている間に、ペタがていねいに頭を下げた。そして、僕のセーターの袖を引っ張って家をあとにした。思い切り走らされたあとで、「卓袱台の上見たか?」とペタに訊かれた。

「……ああ、見た」

「真っ赤な肉があったろ」

「うん。包丁も見えた」

「だよな。おれも見た」

「何してたんだろ」

「よくわかんねえけど、もしかしたら、おれたち殺されて食われちまうところだったんじゃねえか」

「ほんとかよ?」

「ひと食いかもしれねえ」

「じゃあ、ケンタも食われたのか?」

「そうか。そうかもしれねえな」

急に背筋がぞくぞくして、足がすくんだ。

日がとっぷり暮れてから、僕はペタの家の裏で別れた。「キントンは明日学校でふんづかまえよう」ということにして。


朝の遊びを終えてから、玄関で待っていると、遅れて登校したキントンを見つけた。ペタと後ろからそっと近づき、両側からそれぞれ腕を押さえた。そして「遅刻だな」と締め上げた。

キントンは甲高い悲鳴を上げながら足をばたつかせた。

「ははは、ばかだなあ。おれだよ」

ペタが声をかけた。キントンは目をおどおどさせながら振り返った。

「ああ、ペタかよ。おどかすなよ。ああ、びっくりした」

そう言ってすのこの上に座り込んだ。

「おい、安心するのは早いぜ。おまえ、おれにうそついてたろ」

「……」

「おまえんちはケンタんちの隣だって言ってたよな。それってうそだろ?」

「……」

「おれたち行ったんだぜ、ケンタんち」

「なんで?」

キントンが青っ洟をたらした。

「理由なんてどうでもいいだろ。それよりケンタんちの両隣ともおまえんちじゃねえじゃねえか」

ペタがぐっとにらみつけた。キントンが袖で洟をふいた。

「どこまでうそつきなんだ」

「うそじゃないよ。隣だよ」

「見苦しいなあ。扉をたたいて声をかけたんだから、まちがいないぜ。どっちもうちにはガキはいねえってさ」

「おまえんち、どこなんだ」と僕。

「だって、壁がくっついてんだから、まちがいなく隣だよ」

「わかった」

そう言うと、ペタはキントンの腕をとって外に連れ出した。

「ちょっとここに描いてみろ」

木の枝を一本拾い、地面を指さした。

「おれが途中まで描くよ」

僕は共同井戸からケンタの家のあたりを描いた。そして、その枝切れを手渡した。キントンは緊張した面持ちで受け取り、線を描きたした。

「えっ、ここなのか?」

「うそじゃないよ」

「うそとかじゃなくて、おまえばかだなあ。こういうのは裏ってんだぜ」

「だってくっついてるじゃないか」

「玄関の場所を考えろよ」

「でも、これでようやくわかったな」と僕。

「じゃあ、許してくれるの」

「訊きたいことがあるんだ」

その時、始業の鐘が鳴った。

「ペタ、やべえ。おれたちも遅刻だ」

「キントン、放課後ツリーハウスに来いよ」

そう言うと返事も待たずにペタは駆け出した。僕らは担任の先生に怒られた。

「これもあいつのせいだな」

ペタが怒っていた。


広いはたけの隅には、まだほんの少し雪が残っていたが、巨大な雪だるまも雪合戦の跡もすっかり消えていた。

ツリーハウスの下で僕は、「オッス」と声を張り上げた。上から「チース、来いよ」とペタの声がした。「そう来なくっちゃ」僕は小さくつぶやいて幹を登り始めた。

「やっぱ、ここは寒いな」

「ちょっと来ない間に随分荒らされてるしな」

僕はバッグからせんべいを出した。

だいぶたってからキントンはやって来た。すっかり怖じ気づいている。

「訊きたいのはケンタのことだ。ケンタのおふくろが言ってた。あいつは産みの親のところに行ったてな。それ、本当なのか?」

「うん」

「おまえは知ってたんだな?」

目を見開いたままキントンが洟をすすり、袖で拭った。袖が濡れて光っている。

「つい最近聞いたんだ」

「そこはどこなんだ?」

「遠いところって言ってた」

「町の名前とか駅の名前は?」

「教えてくれなかった。でも、電車に三回ぐらい乗り換えて行くとこだって」

「三回乗り換えるったって、どの電車でどっちに行くかで全然違うよな」

僕はキントンに顔を近づけた。

「キントン、おまえ探れないか」とペタ。

「訊いてどうするのさ」

「そうだよ。今さら会ってもしょうがないだろ」と僕。

「だよな。でも……」ペタはしばらく迷っていた。「そうだな。のりまきの言う通りだよな」

にっと笑った口は虫歯だらけだった。

「キントン、もう帰っていいぜ。あ、ちょっと待て。気になってたんだけど、おまえ、なんでキントンなんだ」

「……」

「おまえの綽名の由来だよ」

「……『かねづか』だからだよ」

「……」

「『金塚』の『塚』っていう字が『豚』に似てるって言われて、『かねぶた』から『キントン』」

「……ああ、なるほど」

ペタが大笑いした。僕も思わず笑った。

「誰だ、そんなこと言い出したやつは？」

「ケンタだよ」

「やっぱりな」

ペタの笑いがやんでいた。


曇ってしんしんと冷えるので、めずらしく早めに家に帰った。弟がひとりで留守番をしていた。

「母さん、買い物？」

「ちがうよ。弥生ちゃんちに出かけた」

「そうか」

「とっても急いでいたよ」

「なんかあったのかな」

「わかんない」

しばらくしておきよがすっ飛んできた。

「弥生ちゃん、大変なんだ」

僕は食パンにピーナッツバターを塗って食べていた。

「救急車で運ばれたんだ」

「えっ……」僕はちょっとむせながら訊き返した。「発作か？」

「そうだ。ひどい発作だったらしい」

「らしいって？」

「今母ちゃんから電話があった。落ち着いたから、今から帰るって」

「じゃあ、大丈夫なんだ」

「ああ、たぶん」

おきよはそう言うと、皿の上に置いた食パンを手にとり、大きくかじった。

「ああっ、油断もすきもないなあ」

「走ってきたら腹がすいた。うまいなこのピーナッツバター」

おきよはもぐもぐと口を動かしている。

「ほめられてもうれしくないよ。一気に半分も食いやがって」

「まあ、許せ」

「おきよお姉ちゃん、まだあるよパン」

義和が台所から出て来た。

「よし坊、気がきくな」

早速一枚食べ始めた。僕ももう一枚ピーナッツバターを塗った。

「それで、これからどうなるんだろ？」と僕。

「うん？」

「弥生ちゃんだよ。入院するのかなあ」

「今までにも、何回か救急車で病院に行ったことはあるらしいぜ」

「そうか。なら大丈夫なんだね」

僕はほっとして、残りを丸ごとほおばった。

何日かして届け物があり、おきよのうちに出かけると、ちょうど弥生がトモっぺと勉強をしていた。

「あ、教昭お兄ちゃん」

弥生は心なしかやつれて見えた。

「よう。元気になったか？」

「うん。大丈夫。そうだ、ちょうどよかった。お手紙があるんだ」

「おれに?」

「遠足のお礼を書いたんだって」とトモっぺ。

「みんなに書いたんだよ。これは教昭お兄ちゃんの分」

「へええ、わざわざみんなに? えらいなあ」

「そう、えらいよね」

「トモっぺ先生の宿題か?」

「違うよ。弥生ちゃんが自分で考えたんだよ」

僕は封を開いた。力の入った文字がきちんと並んでいる。隅っこにゾウの絵が描いてあった。色がしっかり塗られてある。

「絵、うまいなあ。きっとピカイチも驚くぞ」

「ほんとに?」

「まちがいないよ。あいつにほめてもらえたらたいしたもんだぜ」

「坂元君だってうまいじゃない」

「それが近頃は、浩やピカイチの方が腕を上げちゃったから、もうおれは歯が立たない。悔しいけど」

「そうかなあ。そのへんのこと、わたしにはわからないけど」

「マンガも絵も奥が深いんだぜ」

僕は腕を組んで首を傾けた。


「ただいまあ」

おきよの声だ。買い物を頼まれたらしい。母親と話しているのが聞こえた。

「おっ、のりまき。いいところに来た。おやつだ」

薄い紙袋から取り出したのは、湯気を立てている今川焼き。

「おいしそう」

「うまいんだ。この店のは」

勉強はひと休みになった。

「今度はどこに遠足に行こうか？」と僕。

「また、行けるの？」

「行こうと思えば行けるさ」

「行くって言えば、のりまきが宇宙旅行に行くのはいつなんだ」

「そんなのわからないよ」

「坂元君が宇宙へ？」

「夢だよ。夢」

「宇宙飛行士でしょ」

「なれるかどうかはわかんないけどね」

「のりまきはひと知れず宇宙の研究をしてるんだ」

「おい、そんなたいそうなもんじゃないよ」

「坂元君、流れ星見たことある?」

トモっぺが目を輝かせている。

「流れ星?……ええと、たしか一回だけ見た気がするな」

「いいなあ。流れ星が消えるまでの間にお願いごとをすると、叶うっていうよね」とトモっぺ。

「ええ、すごい、それ。見たい。見たい。お願いごとしたい」

弥生が身を乗り出した。

「のりまき、見せてやれよ」

「むちゃ言うなよ、いつでもどこでも見られるってもんじゃないんだから」

「この辺だと難しいかもね」

「なんで?」

おきよがトモっぺに訊き返す。

「町が明るすぎるから、星がよく見えないんだよ」

「そうかあ」

おきよがうなだれた。それを見て弥生が質問した。

「宇宙に神様っているのかな」

「神様かあ……」

「もしも、いるとしたら、教えてほしいことがあるの」

「………」

「わたしがもしも、何かとても悪いことをしたんだったら、お祈りするから、許してほしいんだ。ほんとにあやまるから、病気を治してほしいの」

「悪いことなんてしてないだろ。のりまきの方がよっぽどしてるよな」

今川焼きを持った手でおきよをたたこうとしたら、なかのあんこだけが飛んでいった。

「ああっ、大切な中身が」

弥生はけらけら笑った。拾ったあんこを口にほうり込みながら、「流れ星はむりでも、星の観察ならできるかも」と僕が言うと、「ついにのりまき先生の出番だね」と、トモっぺがうれしそうだった。

「その先生ってのはやめてくれよ。おれには向いてないよ。……とにかく、天気がよかったら、週末の夜にはたけで観察をしようか」

「お母さんに話して許可をもらうんだよ」

トモっぺに言われて弥生は「はい」と元気に応じた。

「わたし、お祈りするんだ。喘息治すんだ」

週末を待たずに、弥生は再び入院した、と母さんに電話があった。が、すぐあとからまた電話がかかってきた。電話に出た陽気な母さんの声が途切れた。

「ちょっと待って。とにかく今すぐ行くから」

電話を切ると母さんは出かける仕度を始めた。

「誰から？」

「……関口さん」

「弥生ちゃん、入院したの？」

「……それが、よくわからないの。お母さん、ちょっと行ってくるから、義和見ててね。昼寝してるから。教昭、留守番お願いよ」

「……どういうこと？」

「なんだか混乱してて……。とにかく頼むわよ」そう言いながらバッグのなかに財布やハンカチを無造作に突っ込み、「行ってくるわ」と、振り向きもしないで玄関の扉を閉めた。

動悸が激しくなる。理由のわからない胸騒ぎがした。心臓が胸一杯にふくらんだような息苦しさを感じた。僕は畳の上に座り込んだ。このまま息が止まってしまうのかと思うと、額から汗があふれてきた。

すると、畳についた手のひらを通して、床下からも鼓動が聞こえてきた。いや、そうじゃない。よく聞くとそれは鼓動ではなかった。体を震わす拍動に合わせて何かが時を刻んでいる。タイマーだ。床下の原子爆弾が時を刻んでいる。原爆じいさんが言ってたことは本当だったんだ。うちの床下にも原子爆弾はあったんだ。

だとしたら、どこまで時を刻んだら爆発するのだろう。

見慣れた景色が白っぽくなった。僕は流しに走ると少し吐いた。それで、ようやく落ち着いた。

でも、母さんが帰ってきてからのことがあまり記憶にない。言われたことがよくわからないまま、僕自身、訳がわからなくなってしまったからだ。

母さんは言った。

「弥生ちゃん、亡くなったの。……たったの八歳で死んでしまったのよ」

母さんはそれ以上言葉にできなかった。ボロボロ涙をこぼす姿を見て弟の義和がその肩に手を当てた。そして、背中をそっとさすり始めた。

「何言ってるの？　母さん、ぼくわからないよ」

いつのまにか流れ出した涙を拭うのも忘れて、僕は同じことを繰り返していた。

「ねえ、何言ってるの？」

でも、母さんは口を押さえて泣くばかりだった。僕はもう何も言えずに、ひたすら涙を流しながら立ちすくんでいた。

二歳の頃、風邪を引いたことがきっかけで弥生の喘息は始まった。せきと呼吸困難がつづき、食事もままならないから、体はいつになっても大きくなれなかった。季節の変わり目を中心に一年のうち三か月は伏せっていた。

幼稚園には行かなかった。七五三もひょろひょろの体にぶかぶかのゆるい着物を着て、路地の角で写真を撮った。ハレの日にもかかわらず、見るからに元気のない顔つきだった。

やがて、小学校入学を迎えたが、その初日の入学式も欠席だった。その日のために親戚から借りたよそ行きの服は、部屋の壁に掛けたままだったので、後日、町の写真屋さんでひとり記念写真を撮った。

弥生が発作を起こすと、昼も夜もなくなる。一日中うつらうつらとしているから布団は敷きっぱなし、カーテンも閉ざしっぱなし。薄ぼんやりしたなかで一日が過ぎていく。そして、次の日もその次の日も同じようにして区別なく流れていく。ヒュウヒュウという喘鳴だけが、暗い部屋にいつも響いていた。

時折、煮詰まった泡のような粘っこい痰がからんで、激しくせき込む。その拍子にようやく口にしたものを吐いてしまうから、体は細るばかりだった。仕方ないので、母親は弥生を背負って近所の医者に連れて行き、栄養剤を注射してもらうのだ。その回数が増えてくると、左右の腕の内側は注射跡で青紫色になる。何度も同じ所に針を刺すので、弥生は大声で泣いた。

「注射しないと体がもたないんだから、我慢しなさい」

と、母親も涙をこらえて説得するのだが、苦しい息遣いのあいまに「痛いよう、痛いよう」と毎回訴えた。子ども嫌いの医者は、おっかない顔をむすっとさせて、皮をむかれた木の枝のような華奢な腕に太い針を刺した。

ただひとつの救いは、ドイツ製という吸入式の薬だった。使いすぎると心臓に悪いと言われてはいたが、吸い込むことで一時《いっとき》楽になるのは確かだった。母親は背に腹はかえられない気持ちで購入し、常用していた。


その日、母親は仕事に出ていた。弥生の調子はけっして悪くはなかった。週末に星を見に行くことを母親に話し、楽しみにしていたようだ。

それから何があったのかは誰も知らない。

帰宅した母親は、玄関近くに倒れていた弥生を見つけた。抱き起こした時には、もう冷たくなりかけていたらしい。こたつの上に描きかけの動物の絵があったという。そこから玄関まではってきたのだろう。畳の上に吐いた跡があった。

翌日の晩、お通夜が営まれた。弥生のクラスの子たちがたくさん来た。僕もおきよやトモっぺたちと参列した。狭い部屋は鯨幕で覆われ、花やあかりのなかに、弥生の写真が黒いリボンつきの大きな額縁に囲まれていた。

その翌日は告別式だった。

クラスの子がお別れのことばを言ったあと、トモっぺが弔辞を詠んだ。動物園に行ったこと、一緒に勉強したことなどを次々に語る。大人たちがそのつど涙にむせた。トモっぺはときどき鼻をすすりながらも、気丈に詠みつづけた。

「弥生ちゃん、覚えていますか。流れ星を見たいって言っていたよね。そして、神様に喘息が治るようお願いするんだって……。その願いはきっと届くと思うよ。弥生ちゃんは天国に行って、神様と会うんだよね。今度生まれてくる時には、きっと喘息は治っていると思うよ。丈夫な体で運動も勉強もたくさんできると信じています。……きっといつかどこかで出会えるよね。約束だよ。……その時まで、さようなら。……弥生ちゃん、さようなら」

トモっぺが体を折って一礼した。再び顔を上げ、祭壇を見上げると、突然わあわあと大声を上げて泣き出した。写真を見上げながら大粒の涙を流し、いつまでも泣いていた。トモっぺの父親がそっと近寄り、娘の肩を抱いた。トモっぺはその胸に顔を埋めて、なおも体を震わせていた。

僕ももらい泣きしていると、隣でおきよが声を出さずに怒っていた。きっと怒っていたんだろう、と思った。

最後に見た弥生の顔はちょっと眉間にしわが寄っていたけど、やっぱり眠っているようだった。

大人たちが出たあと、部屋の隅に色鉛筆が落ちているのが目に入った。鯨幕の裾からはみ出していたのだ。きっと大急ぎで準備をしたから、いろいろな物をきちんと片づけているひまがなかったのだろう。

僕はそっと近づいてみた。長さがどれも半分以下になっている。その一本一本に紙が巻かれ、「せきぐち　やよい」と書かれてあった。僕への手紙に描いてあったゾウの色もあった。まちがいなくあの色鉛筆だ。

三学期が終わろうとしている。ここまで皆勤賞できたトモっぺが学校を休んだ。弔辞を詠んだ翌日から三日も欠席したのだ。僕はノンさん、おきよと連れだって放課後、家を訪ねた。寝込んでいると思っていたトモっぺは普段着で出てきた。

「もういいのか？」

ノンさんが真顔で尋ねた。

「わざわざ来てくれてありがとう。別に病気って訳じゃないんだ」

「……」

「なんだか力が抜けちゃって。お父さんがそういう時は休んでいいって言ってくれたんだ」

「いいなあ。おれは熱があるって言っても信じてもらえないぜ」

「ノンさんは丈夫だからいいじゃないか」

僕が大きな背中をどんとたたいた。廊下の奥から猫がやって来た。

「あれ、猫飼ってたっけ？」

トモっぺは首を横に振った。

「おっ、こいつ、はなくそじゃないか」

おきよが大きな声を出した。

「ええっ、あの野良の？　しかも、体中包帯だらけでまるでミイラだ」

「弥生ちゃんのお葬式が終わって帰ってきた日に、うちの玄関の脇で血だらけになってうずくまっていたんだよ」

「ケンカか？」

「たぶん。同じ縄張りをほかのオスと争って負けたんだろうね」

それを見て、家族全員で家に入れてけがの手当をし、エサをやったのだという。

「何をしていいかわからなかったから、この猫の世話をすることで気が紛れたんだ」

トモっぺが淋しそうに笑った。

「そう言えば、弥生ちゃんがこいつのことほめてたよね。お行儀よくすわるんだねって」

「坂元君、よく覚えているね。わたしもそのことがあったから家に入れて手当したんだよ」

「そうなんだ……」

「ただの野良猫には見えなかったってことか」

ノンさんが大きな手のひらで頭をなでた。猫は目を細めた。

「うちで飼おうかなって思って。だから、名前も変えたよ。『マーチ』」

「……」

「日本語で三月」

「……三月？」

「……あ、弥生か」

「そう、きよちゃん、当たり」

おきよが猫を抱き上げた。

「おまえよかったな。トモっぺのうちなら幸せになれるぞ」


「もう大丈夫そうか」

沈黙がつづいた後、ノンさんが控えめに訊いた。

「うん。たぶん」

「よかったな」

「つらいけどね」

「おれはおまえみたいにうまいこと言えないし、考えてもたいしたこと出てこないけど、とにかくあいつのことを覚えておくことにしたよ。これから先ずっと、大人になっても。そう決めたんだ」

ノンさんを見上げるトモっぺの目が潤んでいる。

「そうだね。野分君の言うとおりだね」

「ま、おれにできそうなことって、そんなことしかないから」

ノンさんが頭をかいた。


僕ら三人はトモっぺの家を出たあと、はたけに行った。ペタやせいちゃん、ピカイチ、光男がいた。

「どうしたんだ?」

ノンさんが声をかけた。

「おう、ちょうどいいところに来た。ちょっと見てくれよ」

ペタについてツリーハウスに行くとそれは見るも無惨に壊されていた。

「ひでえな」

「中学生か?」

「たぶん違うな」

「……もしかして、ケンタ」

ペタが黙ってうなずいた。

「ケンタ、引っ越したんだろ?」

せいちゃんに顔を向けた。

「うん。先週ようやく先生が教えてくれた」

「正式に転校?」

「そうだね。その前からずっと来てなかったけど」

「また、キントンを締め上げてみようか」

「いや、もういいよ。やめとこ」

ペタはしばらく足元を見つめていた。


帰り際、僕は光男に訊いた。

「原爆じいさん、どうしてる?」

「原爆……? ああ、いつもの口癖ね。みんなそんな風に呼んでたんだ」

「勝手に名づけた」

「この前、入院したんだ。ならぬものはならぬ、の頑固じいさんだったから。誰が説得しても聞かないんだよ」

ふらっと外に出てしまうことが多くなったので、施設に入ることになったと言う。僕は干からびた体と黄色く濁った目を思い出した。「あと少しで掘り起こすことができるんだ」と言うしゃがれ声が耳に甦った。あと少しだったのなら、最後までやり遂げさせてあげたかったなと思った。

「のりまき、おれたちで流れ星を見つけようぜ」

路地の角で、突然おきよが言った。

「なんだよ、急に」

「いいからつき合えよ」

「いつ?」

「今夜から」

一度決めるとおきよは引かない。しばらく休んでいた星の観察を兼ねて出てみることにした。

三月も終わりに近くなったので暖かい日もあるが、急に冬に戻ったように寒くなることもある。おきよは半袖の上にカーディガンを着ていたが、半ズボンにはだしは相変わらずだ。

僕らは誰もいないはたけに行った。壊されたツリーハウスに残った狭い床板の上で横になった。体をぴったりくっつけていないと落ちてしまいそうだった。

ようやく体勢を整えて、懐中電灯のあかりを消す。葉を落とした枝ごしにたくさんの星が瞬いていた。

冷たい空気に包まれながら、訊かれるままに僕は星座の名前を教えた。

「そうだ、確か死んだひとは星になるんだよな」

突然おきよが訊いてきた。

「うん。そんなこと言うね」

「じゃあ、弥生ちゃんはどの星になったんだ？」

「そんなこと言われても、わかんないよ」

「なら、おれたちで決めようぜ。それを、のりまきがしっかり覚えておいて、みんなに教えてやるんだ。そうすりゃ、淋しくないだろ」

おきよが「淋しい」なんて言うとは思ってなかったから、思わず顔を見た。真っ暗ななかにぼんやりといつもの丸い顔が浮かんだ。

「のりまき、どれにする」

「それじゃ、駄菓子屋の買い物だよ」

「ま、いいじゃねえか。おれたちの自由なんだから」

僕はつい笑ってしまった。

「ほら、笑ってないで、早く選ぶんだよ」

暗がりでおきよが僕の頭をはたいた。

「わかったよ。まあ、あわてるな」

あれはどうだ、これがいいなどと言いながら僕らはかなり長い時間考えた。

おきよは一番明るい白い星をすすめたが、すでに「シリウス」という有名な名前があるからどうだろうと答えた。やや東寄りに、明るいけど、それほど大きくはないオレンジ色の星があった。
「あの星はどう?」と訊くと、おきよもそれで納得した。

流れ星を捜し始めて三日目、夕食頃、おきよの母親から電話があった。母さんが言うには、おきよが扁桃腺の熱を出したらしい。やっぱり薄着がまずかったのだろう。だから、今夜は行かれないということだった。

そのことを話したあとは、弥生の母親の話になったようだった。母さんが声をひそめて話していた。それでも、ときどき少し聞こえてくる。「半狂乱」「わたしも一緒に死ぬんだ」「誰が冥福を祈ってあげるの」……なんて。

僕は弥生の住んでいた古い小さな家を思い返した。

約束だから、仕方がないので、僕はひとりではたけに行った。前山に来ると、トモっぺが言う水の匂いが感じられた。
「まだまだ寒いけど、もう春なんだ」

あかりを消す。真っ黒な空に千切れた雲がいくつも浮かんでいた。そのあいまに星が瞬いている。
「あっ」

一瞬流れ星かと思ったが、どうやらそれは遠くを飛ぶ飛行機のようだった。

おきよと決めた「弥生ちゃん星」は、今日もオレンジ色の光を放っていた。僕はしばらくその星を見つめ、それから、そっと手を合わせた。

（了）

あとがき

子どもの頃、僕を取り巻く時間はひたすらゆるやかに流れていました。原っぱや小川で虫や小動物を追いまわし、工事現場の見知らぬ作業機械の動きに心を奪われ、図鑑やマンガの世界に没入し、大好きなヒーローになりきり、物売りの姿を追って遠くの町まで歩いていく。ふと目を引かれ、立ち止まり、関心が集中する。子どもたちが生きている世界とはそういうものでしょう。回り道や道草は子どもの特権でもあります。時代や生活の背景の違いはもちろんありました。でも、子どもたちにとっての時間の流れは、大人のそれとは明らかに違ったはずです。アインシュタインではありませんが相対的なのです。

しかし現在、多くの大人たちがかつて過ごしたこの幸せな時間のことを忘れて、子どもたちを自分たちと同じ時の流れに引き込み、そこで生きていくすべを身につけさせようとして必死になっている気がします。心のどこかではおそらく今の世界の在り様を快く思っていないはずなのに。

もちろん時代は元には戻りません。あの頃はよかったなんて単純に言う気もありません。ただ、子どもの頃には、その頃なりの何かを経験し身につけなければならないことがあるのではないかと思うのです。大人はそれを妨げてはいけないし、もっと言うならば、そうした機会を積極的にこしらえるべきなのでしょう。子どもたちを寄ってたかって、てっとり早く大人にしてしまってはいけないのです。

前作につづき西田書店の日高徳迪さんには大変お世話になりました。ほんとうにありがとうございました。また、今回もぬくもりのある装丁、挿絵を担ってくださった桂川潤さん。帰ってきたのりまきたちの姿を目にした瞬間、震えが来ました。深く感謝いたします。さらに、前作を読んで感想を伝えてくださったり、ていねいなお手紙をくださった皆さん、うれしかったです。たくさんの力をもらいました。そして、この本ができあがるまでに様々なお力添えをくださったすべての方々にお礼申し上げます。

二〇一六年春、三十四年の教員生活を定年で終えました。仕事をしている以上はきついこともたくさんありましたが、「天職」だったのか、子どもたちと過ごした日々は総じて楽しかったです。でも、時には悲しいこと、苦しいことに出会いました。その最たるものが教え子の夭折です。病気で、あるいは事故で、いくつかの未来あるはずの命が失われました。忘れられないその小さな命たちにこの本を捧げます。

二〇一六年　再びキンモクセイのかおる頃

斎藤秀樹

著者略歴
斎藤秀樹（さいとう　ひでき）
1956 年（昭和 31 年）長野県松本市生まれ。2016 年春、公立小学校教員を定年退職。仕事をしながら教育技術、実践記録、書評等をはじめ、山や旅の紀行、エッセー、小説等を多数執筆してきた。
公益社団法人日本ネパール協会会員。三陸鉄道ファンクラブ会員。山の文芸誌「ベルク」元・同人。
著書に『のりまきな日々　60 年代、子どもたちの物語』（西田書店）、共著書に『保護者とのコミュニケーションお便り・学級通信　中学年』（明治図書）『それぞれの山』（西田書店）等がある。

のりまきな日々　二本目
60年代、子どもたちの物語 2

2016年12月 5 日　初版第 1 刷発行

著者　斎藤秀樹

発行者　日高徳迪
装丁・挿絵　桂川潤
印刷　株式会社平文社
製本　株式会社高地製本所

発行所　株式会社西田書店
東京都千代田区神田神保町2-34 山本ビル
TEL 03-3261-4509 ／ FAX 03-3262-4643
〒101-0051
©2016 Hideki Saito Printed in Japan
ISBN978-4-88866-610-7 C0092

斎藤秀樹
のりまきな日々
60年代、子どもたちの物語
1400円＋税
好評のりまきシリーズ一本目
東京近郊の子どもたちの暮らしを５篇の物語で活写

＜文明の庫＞双書

松山　巖
建築はほほえむ
目地　継ぎ目　小さき場
1300円＋税

菅原克己
陽気な引っ越し
菅原克己の小さな詩集
1300円＋税

山下和也・井出三千男・叶真幹
ヒロシマをさがそう
原爆を見た建物
1400円＋税

与那原恵
わたぶんぶん
わたしの「料理沖縄物語」
1200円＋税

西田書店既刊

山崎光〔絵〕　山崎佳代子〔文〕
戦争と子ども
1800円＋税

小島力
詩集　わが涙滂々
原発にふるさとを追われて
1400円＋税

関千枝子・中山士朗
ヒロシマ往復書簡　第Ⅱ集
1600円＋税

御庄博実＋石川逸子
詩文集 **哀悼と怒り**
桜の国の悲しみ
1400円＋税

菅原克己全詩集
3800円＋税

木坂涼
ベランダの博物誌
1400円＋税

小沢信男
本の立ち話
1600円＋税